「わわ
背中を押されたアリシアの身体は、
よろけるように前へと進み、
馬車のタラップを踏む。
瞬間、カクンと膝から力が抜け——
やばい！　転ぶ！
視界の隅で黒い影が
駆け寄ってくるのが見えた。
国王ウィルフレッドその人だった。

ウィルフレッド
ウインザー王国の若き王。
合理主義者で、
腐り切った国政を正すため
粛清を辞さない大改革を行い
周囲に恐れられている。
アリシア
隣国バロワより同盟の証として
嫁いできた王女。
実は庶民育ちの隠し子で、
貴族事情には疎い。
底抜けに明るく、面倒見がいい。

セドリック
ウィルフレッドの腹心。
万事に有能で、
陰に日向に彼を支える。
リチャード
ウィルフレッドの異母弟。
天使と称される美貌を持ち、
宮廷で絶大な人気を誇る少年。

アリシアは顔を赤らめ
少しだけ考え込んだ後、
ウィルフレッドに歩み寄り、
そっとハグする。
「つらい時や苦しい時は、
誰だって人のぬくもりが
欲しいものですよ」

孤高の王と陽だまりの花嫁が最幸の夫婦になるまで 1

鷹山誠一

HJ文庫
1158

CONTENTS

Seiichi Takayama presents
Illustration by Falmaro

口絵・本文イラスト　ファルまろ

PROLOGUE

Kokou no Ou to
Hidamari no Hanayome ga
Saikou no Fuufu ni narumade

ウィルフレッドの人生は、いつも理不尽《りふじん》に彩《いろど》られてきた。

一応、王子として生まれはしたが、妾腹《しょうふく》の出であり、またこの国では特異な禍々《まがまが》しい黒《くろ》髪黒眼《かみくろめ》から、忌《い》み子としていないものとして扱《あつか》われてきた。

流行《はや》り病にかかり左目を失い、醜《みにく》い疱瘡《ほうそう》が残ったことも迫害《はくがい》に拍車《はくしゃ》をかけた。

それらの事に耐《た》えられなかったのだろう、物心ついた頃《ころ》には、母親は心を病《や》み妄想《もうそう》の世界の住人となっていた。

父王はウィルフレッドを視界に入れるのも嫌《いや》だったのだろう、八歳《さい》の時、ウィルフレッドは辺境の地ハノーヴァーに幽閉《ゆうへい》された。

その七年後、隣国《りんごく》アマルダ王国との戦いが勃発《ぼっぱつ》し、血風の中を必死に生き抜《ぬ》かざるを得なくなった事も。

この身体に流れる忌まわしい父親の血が、否応《いやおう》なくウィルフレッドを新たなる動乱の渦《か》中《ちゅう》へといざなった事も。

ウィルフレッドに剣《けん》と、武人としての心得を教えてくれ、心の中で父とも慕《した》った恩人も、些細《ささい》なことですれ違《ちが》い、自分の下を去った。

その後、亡《な》くなったと人伝《ひとづて》に聞き、仲直りの機会は永遠に失われた。

そして今、腹違《はらちが》いの兄をこの手にかけねばならぬ事も。

もうそういう星の下に生まれついたのだと諦《あきら》めはついていた。

「なぜだっ⁉　ウィルフレッドォっ⁉」

縄で縛《しば》られ、両肩《りょうかた》を兵士に押《お》さえつけられ、地面に這《は》いつくばった兄が叫《さけ》ぶ。

兄の名は、ジョン二世。

このウインザー王国のれっきとした国王である。

「貴様を見出《みいだ》し、王弟として正式に認め、将軍へと引き立ててやったのはこの余だ！　その恩を忘れたか⁉」

「恩……か。国威《こくい》発揚《はつよう》の道具として、その方が都合がよかっただけだろう？」

声を荒《あら》げる兄に、ウィルフレッドは冷ややかに返す。

戦地に王族も家族を送っている。国民一丸となって祖国を守ろう！

そのスローガンの体のいい生贄《スケープゴート》として、それまで見向きもしていなかったウィルフレッドに白羽の矢を立てたのだ。

「確かに、そういう側面があったことは認めよう。だが！　余が取り立てなければ、未《いま》だに貴様は辺境の地で幽閉の身に甘《あま》んじていたはずだ！」

「まあ、そうかもしれないな」

「そうだろう⁉　だから……」

「ああ、まったく余計なことをしてくれたものだ」

国王の言葉を遮《さえぎ》り、ウィルフレッドは何とも苦々しげに嘆息《たんそく》する。

「なっ⁉　よ、余計なことだとっ⁉」

「ああ、思えばあの時なんだろうな。運命の歯車が狂《くる》ったのは」

皮肉げに、ウィルフレッドは口《くち》の端《は》を吊《つ》り上げる。

いやそれとも、運命の歯車が動き出した、と言うべきか？

まあ、今さらどちらでもいいことである。

やることは、変わらない。

この手がどれだけ血に染まろうと、為《な》すべきことを為すのみである。

ウィルフレッドはすうっとその手に持っていた剣を掲《かか》げる。

「よ、余を殺すのか⁉　余は半分とは言え、貴様と血を分けた実の兄であるぞ！　それを手にかけるつもりか⁉」

恩の次は肉親の情に訴《うった》えかけてくるジョン王。

ウィルフレッドは決してこの兄が嫌《きら》いではなかった。

一個人としてみれば、決して悪い人間ではなかったし、他の兄姉《けいし》に比べれば、そう悪い兄でもなかったと思う。

が――

「ああ」

淡々《たんたん》と、実に淡々とウィルフレッドは肯定《こうてい》する。

そこに感情の色は全くない。

罪悪感も、憐憫《れんびん》も、悲壮《ひそう》な決意も、後悔《こうかい》も、憂《うれ》いも、迷いも。

何一つない。

仮にも肉親を殺そうというのに、だ。

「た、頼《たの》む！　命だけは助けてくれ！　王位は譲《ゆず》る！　だ、だから、命だけは！　命だけは助けてくれ！　し、死にたくない！　死にた……」

ジョン王の涙《なみだ》ながらの命乞《いのちご》いは、しかし途中《とちゅう》で途切《とぎ》れる。

首が胴体《どうたい》に別れを告げることで。

「だったらもう少しましな王であればよかったのだ」

その手に持った剣からポタポタと血を滴《したた》らせつつ、ウィルフレッドは小さく嘆息する。

この男が暗愚《あんぐ》だったせいで、ウィルフレッドは表舞台《おもてぶたい》に上がらざるを得なくなった。

まったく迷惑《めいわく》この上ない。

彼《かれ》としては、こんな魑魅魍魎《ちみもうりょう》あふれる王都などより、できれば辺境の地ハノーヴァーでのんびりしていたかったのだ。

それで、満足だったのだ。

「おめでとうございます、陛下。これからは貴方《あなた》がこのウインザーの王です。どうぞ、玉座にお座《すわ》りください」

すっと腹心の一人であるセドリックが進み出てきて、玉座へと手を指し示す。

ハノーヴァーに幽閉されていた頃からの幼馴染《おさななじみ》であり、ともに背中を預け合い、死地を潜り抜けてきた戦友でもあった。

そんな彼も、今やもう敬語でしか接してくれない。

いや、彼だけではない。

この玉座に座れば、この国の全ての人間がウィルフレッドにかしずくことになる。

この国で最も特別な存在――

そして同時に、この国で最も孤高《ここう》の存在になるのだ。

「ふん」

ウィルフレッドはつまらなそうに鼻を鳴らし、大股《おおまた》で玉座へと向かい、どかっと乱暴に腰《こし》を下ろす。

ここまで来て、座らない選択肢《せんたくし》はなかった。

もう覚悟《かくご》は定まっている。

彼の手に残るのはいつも、この虚《むな》しさに満ちた栄光のみ。

望むと望まざるとにかかわらず、この手の中に転《ころ》がり込《こ》んでくる。

そういう宿命なのだろう。

(因果なものだ。欲《ほ》しいものは、欲しかったものは、全てこの手から零《こぼ》れ落ちていくというのに、な)

心の中で、思わず諦めにも似た自嘲《じちよう》の笑《え》みをこぼす。

正直、全てをほっぽり出して旅にでも出たいところだが、そうもいかぬ。

散っていった戦友や部下の無念は、果たさねばならない。

誰《だれ》かが大鉈《おおなた》を振《ふ》るい、膿《うみ》を出すしかないのだ。

長い歴史の中で、腐《くさ》りきってしまったこの国を立て直すには。

「これはまだ始まりにすぎん。この国に巣食う害虫どもをあぶり出し、一掃《いっそう》するぞ」

この宣言通り、ウインザー王宮では粛清《しゅくせい》の嵐《あらし》が吹《ふ》き荒《あ》れる。

二年が経《た》つ頃には、ウィルフレッドは『暴虐《ぼうぎゃく》武尽の魔王《まおう》』として国内外で畏怖《いふ》される存在となっていた。

だがそれで、彼は一向に構わなかった。

血塗《ちぬ》られた覇道《はどう》であろうとも、自分にしか為せぬのであれば、ただ為すのみである。

志半ばで逝《い》った恩人や友の為《ため》、国の為、心を殺し、淡々とやるべき仕事をこなしていく。

それが自分という人間に課せられた天命なのだろうと諦めてもいた。

あの日、彼女に出逢《であ》うまでは。

PROLOGUE 01

Kokou no Ou to
Hidamari no Hanayome ga
Saikou no Fuufu ni narumade

「久しぶり、お母さん」

アリシアは風になびくその亜麻色《あまいろ》の髪《かみ》を押さえながら、墓石に声をかける。

流行り病だった。

全然元気だったのに、あっさりと逝ってしまった。

自分や義父、まだ幼い弟妹《ていまい》たちを残して。

「なんか遠くに行かなくちゃならなくなって、当分ここには来られなくなりそう。ごめんね」

謝罪の言葉を口にしても、当然、返ってくる言葉はない。

それが悲しい。

一年前は、返ってくるのが当たり前だったのに。

「お母さんに教えてもらったことは、今もこの胸にいっぱい残ってるよ。それをクロードやセリアに伝えられないのが残念だけど、きっとお義父《とう》さんが立派に育ててくれるよ。大《だい》丈夫《じょうぶ》、お母さんの選んだひとだもん」

半ば自分に言い聞かせるように、アリシアは言う。

まだ弟妹たちは四歳と五歳。

おそらくほとんど母の面影《おもかげ》も覚えていまい。思い出も多分ない。

だからこそ、自分が色々教えてあげたかったのだが、それも叶《かな》わない。

「二人のことをお願いね、って頼まれたのに、ごめんね。でも、形は違うけど、絶対にあの二人は守ってみせるから」

ぐっと胸に手を当て、強く誓《ちか》う。

そして笑って言った。

「いつかまた絶対ここに帰ってくるから。それまでまたね。大好きなお母さん」

ACT ONE 1

Kokou no Ou to
Hidamari no Hanayome ga
Saikou no Fuufu ni narumade

「サセックス辺境伯《はく》、貴様に処分を言い渡《わた》す。爵位及《しゃくいおよ》び領主の身分を剥奪《はくだつ》、全財産を没収《ぼっしゅう》する」

「なっ⁉」

ウィルフレッドの下した情け容赦《ようしゃ》ない判決に、サセックス辺境伯は絶句し、一気にその顔から血の気が引いていく。

ここまで重い処分を下されるとは思っていなかったのだろう。

だが、青くなったのは一瞬《いっしゅん》で、すぐに怒《いか》りで顔を真っ赤に染めて、サセックス辺境伯が抗議《こうぎ》してくる。

「わ、儂《わし》らサセックス辺境伯家は幾度《いくど》となく建国王リチャード陛下のお命を救った建国の功臣であり、先祖代々、国境、ひいてはこの国をずっと守り通してきました。敵の侵攻《しんこう》を撃退《げきたい》したこと実に七度！　そ、それをたった一度の失態で取り潰《つぶ》すと仰《おっしゃ》るか⁉」

「そうだ。そもそも貴公の言う功とはあくまで先祖のものであって、貴公自身の手柄《てがら》ではないしな」

頬杖《ほおづえ》を突《つ》き、淡々とウィルフレッド。

そしてもう興味もないとばかりに顎《あご》をしゃくる。

「命だけは助けてやる。お前が虐《しいた》げて馬鹿にしてきた平民の暮らしというやつを味わってみるんだな。連れていけ」

「はっ！」

「は、放せ！　儂はサセックス辺境伯だぞ！　建国から国を守ってきた！　いくらか税を重くしたところで、それは当然の権利……」

バタン……。

サセックス辺境伯は見苦しく喚《わめ》くも、扉《とびら》は無情にも閉められていく。

彼は法に従い、全ての地位と財産を奪《うば》われ、無一文で放逐《ほうちく》されるのだ。

とは言っても幸い、長年の圧政や度重《たびかさ》なる戦乱で、王国の土地は荒廃《こうはい》しきっており屯田《とんでん》兵《へい》は随時《ずいじ》募集《ぼしゅう》中だ。

やる気があり、贅沢《ぜいたく》を控《ひか》えれば、食うに困ることはないだろう。

正直、あまり耐えられる気はしないが。

「お疲《つか》れ様《さま》です、陛下。見事なお裁きでございました」

「ふん、ここまで証拠《しょうこ》がきっちり揃《そろ》えてあれば、後は断罪するだけだ。猿《さる》でもできる」

セドリックの慰労《いろう》の言葉に、ウィルフレッドは鼻を鳴らしてつまらなそうに返す。

実際、三件とも作業難度自体は大したことはなかったというか、むしろ内容的には罪状を読み上げるだけ、子供の御遣《おつか》いもいいところである。

「できることなら、俺《おれ》以外に任せてしまいたいのだがな？」

ちらりと試《ため》すような視線をセドリックに向ける。

「爵位《しゃくい》貴族を裁けるのは国王陛下ただお一人でございます」

「ちっ」

ノータイムで粛々《しゅくしゅく》と返され、忌々《いまいま》しげに舌打ちする。

つくづく身分というものは面倒《めんどう》くさいものである。

まあだからこそ仕方なく、この地位に就《つ》いたと言えるのだが。

「それに、なまなかな胆力《たんりょく》や立場では彼らに抗《こう》せませんよ。裏から家族を人質《ひとじち》に脅《おど》す、なんてことも十分あり得ます。そういう伝手《つて》を、彼らは色々持っております」

「それで日頃《ひごろ》愛国を語り、国を憂い、偉《えら》そうな能書きをペラペラ垂れていたと言うのだから、世も末だな」

ウィルフレッドは皮肉げに嘲笑《ちょうしょう》を露《あら》わにする。

普段綺麗事《ふだんきれいごと》を弄《ろう》する輩《やから》ほど、先程《さきほど》のサセックス辺境伯のように、いざ追い詰《つ》められると誰より醜い本性《ほんしょう》を露呈《ろてい》するものだ。

そんな害虫どもが多数のさばっているのがこの国の現状であり、それは衰退《すいたい》もするわけだった。

「然《しか》り。だからこそ改革を断行せねばなりません」

「めんどくさい限りだ」

ウィルフレッドは頬杖を突き、はあっと物憂《ものう》げに嘆息する。

「この国の王だと言うのに、思うようにいかないものだな、人生というものは」

「陛下が政務をほっぽらかして遊興に耽《ふけ》る王であれば、思い通りに過ごせたかと」

「それも悪くないが、どうせ途中でこの国は破綻《はたん》するだろう？」

「十中八九、そうなるでしょうね」

「つまり、やるしかないということだ」

やれやれとウィルフレッドはもう一度嘆息する。

地位も名誉《めいよ》も権力も富も、ウィルフレッドにとってはどうでもいいものである。

彼としては、日がな一日、剣を振って、兵法の追求をして、時に鷹《たか》狩りにでも興じていられれば、それだけで良かったのだ。

正直、国王の仕事など彼にとっては、ただただ退屈《たいくつ》で面倒なことでしかない。

だが、このままではこの国は終わるとわかってしまう視野の広さと、王としての器量と血統を持ち合わせてしまったのが運の尽《つ》きだった。

「失礼します」

不意にコンコンとノックの音とともに騎士《きし》が入ってくる。

なんだ？　とウィルフレッドが目で問うと、騎士はビシッと直立し言う。

「アリシア王女殿下《でんか》がそろそろ御着《おつ》きになられるとのことです」

「ん、そうか。もうそんな時間か」

ウィルフレッドは頷《うなず》き、その手に持っていた書類を机に置き立ち上がる。

本音を言えば代役にでも応対させて残りの仕事を片付けてしまいたいところだったのだが、そういうわけにもいかなかった。

アリシアとは隣国バロワの第三王女であり、

「では我《わ》が花嫁《はなよめ》を出迎《でむか》えに行くとするか」

ウィルフレッドが今日、婚礼《こんれい》の儀《ぎ》を行うお相手なのだから。

「「「「っ⁉」」」」

ウィルフレッドが姿を見せた瞬間《しゅんかん》、場の空気が凍《こお》る。

皆《みな》、息を呑《の》み、表情を固くして頭を垂れる。

中には血の気が引いたように青い顔の者や、カタカタと身体を小刻みに震《ふる》わせる者もいた。

「良い。手を休めず続けろ。移動のついでに様子を見に来ただけだ」

「「「「はっ！」」」」

きびきびとした返事とともに、皆、各々《おのおの》の仕事に戻《もど》っていく。

ここは国の財務を担当する官僚《かんりょう》が詰める政務室だ。

関係部署から日々、様々な資料が送られてきており、室内はもう書類で山積みである。

彼らは日夜それらを精査し、問題があればウィルフレッドに報告するのが仕事だった。

「では引き続き、頑張《がんば》ってくれ」

労《ねぎら》いの言葉とともに、ウィルフレッドは部屋を後にする。

少しして、背後から一斉《いっせい》に安堵《あんど》の吐息《といき》が漏《も》れるのが聞こえた。

「随分《ずいぶん》と怯《おび》えられたものだ。どんどんひどくなってないか？」

「今回の件も含《ふく》め、最近は次々と不正を摘発《てきはつ》してますからね。次は我が身《み》と戦々恐々《せんせんきょうきょう》としているのでしょう」

ふんっと鼻を鳴らすウィルフレッドに、隣《となり》を歩く主席秘書官のセドリックがハハッと苦笑いをこぼす。

「叩《たた》けば埃《ほこり》が出そうだな。怯えた奴《やつ》はきっちり調べておけよ？」

「はっ。しかし、今のところ彼らはまったくのシロです」

すでにもう調査は終わっているらしい。

仕事の速いことである。

「ふん、ならば堂々としていればよいものを」

「陛下は寛大《かんだい》な方ですが、一方で王としての果断さも持っておられます。何も身に覚えがなくても、もしやと怖《こわ》くなるのが人間というものですよ」

「らしいな。まあ、きちんと働いてくれれば俺はどう思われようと構わん」

他人事のように、ウィルフレッドは言う。

事実、他人の評価など、彼には心の底からどうでもいいことである。

この国難に、そんな些事に構っている暇《ひま》などないのだ。

「ああ、しかし、今日来るという我が花嫁には、居心地《いごこち》の悪い想《おも》いをさせるだろうな」

思い出したように、ウィルフレッドは言う。

冷酷《れいこく》無比と称《しょう》されるウィルフレッドであるが、まったく情がないわけでもない。

彼自身は蚊《か》に食われる程《ほど》にも思わぬが、この状況《じょうきょう》が大多数の人間にとっては針のむしろであることは一応わかっている。

女性という生き物が、とかくそういうことを気にするということも知識としては知っている。

顔すら知らない相手だが、出だしから苦労をかけそうで、他人事ながら同情するウィルフレッドである。

「あ～……お願いですから、王女殿下には優《やさ》しく接してあげてくださいね」

「重々わかっている。元よりそのつもりだ」

ウインザー王国としても、バロワ王国は東の盾《たて》とも言うべき重要な隣国である。

粗略《そりゃく》に扱えば、両親にその事を手紙などで愚痴《ぐち》ったりすることも十分にあり得る。

そして嫁《よめ》を軽《かろ》んじることは、転じて実家の国を軽んじるということだ。

得てしてそういうところから内政干渉《ないせいかんしょう》を招いたり、同盟関係にヒビが入ったりすることも歴史上ままあった。

現在のウインザー王国としては、四面楚歌《しめんそか》の状況に陥《おちい》ることだけは断固として避《さ》けたいところである。

財政的にも、軍事力的にも、だ。

「わかっておられるのなら結構です。いつもみたいに、スパスパ言葉の刃《やいば》で斬《き》ったらだめですよ？」

「こっちは斬ってるつもりは一切《いっさい》ないんだがな？　いつもあっちがなぜか勝手に傷つき泣き出すんだ」

かつては辺境軍司令官、今や国王ということもあって、ウィルフレッドは近づいてくる女性に事欠かない。

が、どうにも長続きした試しがない。

というより、ほとんどはそういう関係になる前にいつの間にやらそばからいなくなっているというのが常だった。

まあ、代わりはいくらでもいたし、彼としては他にやるべきことも多かったので特に関心もなかったが。

「陛下、女性の心というものはデリケートなんです。ズバズバ核心《かくしん》を突かず何重にもオブラートに包んで言うのが基本です。また相手の話にはどんなに大したことなく聞こえても、まずは相槌《あいづち》を打って、親身なそぶりで『それは大変だったな』と言いましょう」

「……それは不誠実というものではないか？」

わずかに眉《まゆ》をひそめて、ウィルフレッドは返す。

敵ならばいくらでも騙《だま》して陥《おとしい》れもするが、他国の人間とは言え、一応は同盟国で、嫁になる人物である。

ウィルフレッドとしては、長期的に良好な関係を維持《いじ》できることを望んでいる。

そんなその場しのぎの心にもないことを言っていて、果たして関係が長続きするのか、はなはだ疑問であった。

「男女関係において、誠実さなんてものは百害あって一利なし、です」

「ほう？　なかなか斬新《ざんしん》な意見だな」

誠実さが大事だと言うのが、世間一般《いっぱん》の認識《にんしき》であるということぐらいは、そういったことに疎《うと》いウィルフレッドも知っている。

しかし、セドリックは今でこそ真面目そうななりを演じているが、これで若い頃から数々の女と浮名《うきな》を流してきた生粋《きっすい》のプレイボーイである。

いわば男女関係のプロの意見だけに、ここは傾聴《けいちょう》しておくべきだろう。

「男と女では、優しさの概念《がいねん》がそもそも違うのです」

「ふむ」

「まず断言しますが、一〇人中九人の女性が、陛下の言う誠実さで対応すれば、内心でムッと顔をしかめるでしょう」

「そうなのか？」

「はい。彼女たちはアドバイスなど求めておりません。欲しいのはひたすら肯定の言葉だけでございます」

「肯定の言葉だけ？」

「はい」

セドリックが神妙《しんみょう》な顔で重々しくうなずく。

ウィルフレッドは少し考えて、

「……つまり、彼女らは真正の馬鹿、ということか？」

「〜〜〜〜っ！」

セドリックが顔を手で覆《おお》い、絶望したような嘆息が漏れる。

少々、不服である。

「お前の言ったことをそのまま受け取れば、そういうことになるだろう？」

「どこをどう受け取ったらそうなるんですか……」

「説明がいるほどのことか？　耳の痛い言葉ほど、自分の悪い部分を気づかせてくれ、成長のきっかけとなる。お前だってそれは体感としてあるだろう？」

「それは、その通りですが……」

「翻《ひるがえ》って、肯定の言葉しか受け入れられないようでは、その成長のチャンスをふいにし続けるということだ。その間、他の人間は当然、成長する。結果、相対的にさらに馬鹿になっていく。まさに真正の馬鹿というしかあるまい」

証明終了《しゅうりょう》とばかりに、ウィルフレッドは断言する。

ウィルフレッドの脳裏《のうり》に思《おも》い浮《う》かんだのは、先々代の父王と、先代の兄王のことである。

彼らは諫言《かんげん》する忠臣たちを遠ざけ、耳当たりのいいことを言う者たちだけをそばに置いた。

その結果、調子のいいことだけ言って裏で私腹を肥やしまくる佞臣《ねいしん》が跋扈《ばっこ》し、この国は大きく傾《かたむ》いた。

やはり馬鹿の所業以外の何物でもないではないか。

「しかし、世の全ての女性がそんな馬鹿であるとはさすがに信じがたいのだが？」

素朴《そぼく》に思ったことを質問する。

一応、ウィルフレッドにも何人か女性の知り合いはいるが、そこまでひどい人間とも思わなかった。

「もちろん、賢《かしこ》い方も大勢おられます。しかし、男女関係となると、色々勝手が変わると申しますか……」

「ふむ、恋愛《れんあい》は人を馬鹿にする、とはよく聞くからな」

古来、破滅《はめつ》しか先のない恋愛に身を焦《こ》がす者は男女問わず後を絶たない。

恋愛にはそういう魔力《まりょく》のようなものがあるのかもしれない。

別に性欲がないとは言わないが、どうしようもなく異性に心惹《ひ》かれ前後不覚になる、なんて経験のないウィルフレッドにはいまいちよくわからないが。

「そういうことを言ってるのではございませんが……」

「ん？　そうなのか？」

「はい、これは男女の機微《きび》と言いますか……陛下！　お願いですから王女には優しく接してあげてくださいね!?　それこそ壊《こわ》れ物を扱うがごとく！」

「出来得る限り善処しよう。バロワとの同盟はうちの生命線だからな」

ウィルフレッドとしては最大限に前向きに受け入れたつもりだったのだが、

「……頼みますよ、本当の本当に」

セドリックの心配は、全然ぬぐえないようだった。

まあ、彼の気持ちもわからないではなかった。

（おそらく俺には、人として大事な何かが欠けているのだろうな）

子供の頃からなんとなく、漠然《ばくぜん》とそう感じていた。

他の者たちは通じ合えているのに、自分だけがそれがわからずキョトンとする。

そんな経験が多々あった。

おそらくはその欠損のせいだろう。

具体的にそれが何かと言われると、雲を掴《つか》む感じでまったくわからないのだが。

（あえて言えば、人の心といったところか）

もっともウィルフレッド自身は、きちんと心があると思っている。

ないと言うのなら、今こうして考えている自分はいったいなんだという話だ。

だから多分、心がないわけではないが、心の何かが欠けているのだ。

とは言え、卑下《ひげ》するつもりもない。

むしろ自分のその性質を気に入り、自負も持っている。

そういう人間だからこそ、情に振り回されずに冷静で合理的な判断ができるのだ。

三年前の戦乱で、絶望的な状況の中で薄氷《はくひょう》の勝利を掴み、部下たちと国土を守れたのは、
ひとえにこの資質のおかげも多分にあったはずだ。

（ただ……花嫁には同情するしかないな）

自嘲するように、ウィルフレッドはそんなことを思う。

こんな自分が、果たして誰かと連れ添《そ》うなどできるのだろうか？

良好な関係を築いたりできるのだろうか？

彼女を幸せにできるのだろうか？

この欠損を埋《う》めない限り、叶わない。

なんとなく、それだけは確かな気がした。


「うわぁっ！」

馬車の中で、少女は窓の外の光景に感嘆《かんたん》の声をあげた。

年《とし》の頃は一六〜七といったところか。

亜麻色の髪の、まだ幾分《いくぶん》その表情に幼さが残る少女である。

「これがアヴァロン!? へえ、ブルボンとはまた違った趣《おもむき》がある街並みだわ！　歴史と伝統を感じるというか、さすが千年王都！　うわぁ、うわぁ」

「こほん」

「あっ……」

目の前の老紳士《ろうしんし》の咳払《せきばら》いに、はっと我に返ったように少女は表情を強張《こわば》らせ、ちょこんと席に座り直す。

そしてちらりと上目遣《うわめづか》いで様子をうかがうと、老紳士ははあっとそれはそれは呆《あき》れ果てたように溜《た》め息《いき》をついていた。

「アリシア王女殿下。今は見逃《みのが》しますが、あちらに着いてからはあまりはしたない真似《まね》は慎《つつし》んでください。我がバロワの品位に関わりますゆえ」

「はい……」

少女はしゅんっとうなだれる。

彼女の名はアリシア・ルイーズ・バロワ。

その名が示すように、まごうことなくバロワ王家の血を引く王女ではあるのだが、

(そりゃ頑張りはするけど、無理無理無理無理！　あたし、宮廷《きゅうてい》作法とか全然知らないのにぃ！　できるわけない。どうしよどうしよ⁉)

実はつい一ヶ月前まではごくごく普通《ふつう》の庶民《しょみん》だったりする。

彼女の母は現正妃《せいひ》の侍女《じじょ》で、正妃の妊娠《にんしん》中に王がつい手を出してしまった、という宮廷ではよくある話であった。

だが、自分の部下に夫を寝取《ねと》られたというのが、正妃はよっぽど腹立たしかったのだろう。

妊娠がバレるや速攻《そっこう》で着の身着のまま追い出され、流浪《るろう》の中でひっそり産まれたのがアリシアである。

恐妻家《きょうさいか》の王は当然認知《にんち》することはなく、母もその後、辺境警備の騎士と再婚《さいこん》し弟妹《ていまい》たちを産み、そして昨年、流行《はや》り病でぽっくりと亡くなってしまった。

一応、母が亡くなったことを手紙に書いたが返信もなく、綺麗《きれい》さっぱり忘れようとしていた矢先、そう一月前のことだ。

突然《とつぜん》、王宮からの使いが来て出仕してみれば、同盟国ウインザーに嫁に行けという。

（いわゆる政略結婚《けっこん》というやつよね）

その時のことを思い出しつつ、アリシアは心の中で嘆息する。

血のつながらない自分を愛情深く育ててくれた義父こそ父親だと思っていたし、母を傷つけかばいもしなかった実父には怒りさえ抱いていた。

それでも、心のどこかで期待していたのは事実だ。

正妃の目を恐《おそ》れ手放したが、そのことに罪悪感を抱き自分の事を心配し想ってくれていたのではないか、と。

しかし、そんなことはまったくなかった。

アリシアは単なる身代わりだった。

ウインザーの現王ウィルフレッドは、苛烈《かれつ》な性格で、アマルダとの戦いでは数万人を容赦なく焼き払《はら》い、王となってからも粛清に次ぐ粛清で今やウインザー王国の人々は恐怖《きょうふ》に慄《おのの》いているという。

そんな男の下には行きたくないと正妃の産んだ腹違《はらちが》いの姉二人は駄々《だだ》をこね、正妃もそれに同調し、妻に頭の上がらないバロワ国王はそれを受諾《じゅだく》、だが、同盟は強化したいということで、思い出したように白羽の矢を立てたのがアリシアだったというわけである。

（てか、なによ暴虐武尽の魔王って!?　ちょっと対応間違《まちが》っただけでぶち殺されそうなんだけど……ひぃぃぃぃ）

考えるだけでもうがくぶるだった。

さっきのはしゃぎようだって、ある種の現実逃避《とうひ》だったのだ。

（逃《に》げられるものなら、今からでも逃げられないかなぁ。でも、そうもいかないのよねぇ）

なにせ実父はバロワの王である。

義父の周辺に圧力を掛《か》け、一家を路頭に迷わすこともできるのだぞと匂《にお》わされた。

こんなのが自分の実の父親かと思うと情けなさや悲しさや怒りや殺意がごちゃまぜになって渦巻《うずま》いたが、家にはまだ幼い弟妹たちと産まれたばかりの赤《あか》ん坊《ぼう》もいる。

弟妹たちは自分が絶対に守ると母の墓前にも誓っている。

アリシアに選択《せんたく》の余地などなかった。

(とりあえずなんとか殺されないように頑張ろう)

膝《ひざ》の上でグッと拳《こぶし》を握《にぎ》り、気合を入れ直す。

生きてさえいれば、家族に会える日もくるはずだ。

あんな父親の為に、その腹違いの姉の身代わりになって死ぬなどまっぴらごめんだった。

「む、着いたようですな」

老紳士――バロワ王国宰相《さいしょう》のリシャールがつぶやくとほぼ同時に、馬車が停止する。

窓の先には荘厳《そうごん》な王城がそびえ立っていた。

それを見た瞬間、

(ひぃぃ、やっぱ場違《ばちが》いだよぉ)

入れ直した気合が、瞬《また》く間《ま》に霧散《むさん》していく。

自分は王女とは名ばかりの、ほとんど庶民同然に育った人間なのだ。

こんなところでやっていける気がまるでしない。

だが、そんなアリシアの戸惑《とまど》いなど無視して、きぃっと馬車のドアが開いていく。

「ほら、行きますよ」

「ちょっ、ま、待ってください。こ、心の準備を!」

「来るまでに十分時間はあったでしょう。ほら、早く。貴女《あなた》の恥《はじ》はバロワの恥になるのですから」

ぐいっと手を無理やり引かれ、立たされる。

視線の先には、騎士たちが重厚《じゅうこう》な鎧《よろい》を着て、ずらっと並んで待ち構えていた。

数十数百という目が、こちらを見ていた。

普段《ふだん》のアリシアであれば、それだけで怖気《おじけ》づいていただろう。

だがもうそんなものは、すぐに頭から吹き飛んだ。

もっと恐ろしいものが、そこにはいたのだ。

それは、騎士たちが作った道を堂々と闊歩《かっぽ》してこちらに近づいてくる。

黒髪黒眼《くろかみくろめ》の若い男である。

片目は眼帯で覆われているが、もう一つの眼はまさに獲物《えもの》を狙《ねら》う鷹《たか》のように鋭《するど》い。

顔立ちは整っているほうだとは思うが、恰好《かっこう》いいとかどうとかより、とにかく怖いのだ。

もう存在感の桁《けた》が、他の者たちとは二つほど違《ちが》った。

そこにいるだけで、見る者を圧倒《あっとう》、畏怖させる。

そんな異様なオーラのようなものをひしひしと感じた。

「あ、あの方が……あたしの結婚相手、ですか？」

「そう、ウインザー王国国王、ウィルフレッド・アイヴァーン・ウインザー陛下です」

「無理むりムリ！　絶対無理です！」

アリシアはぶるぶるぶるっと震えるように首を左右に振る。

なんだあれは⁉

冗談《じょうだん》抜きで、本当に魔王そのものではないか。

想像していたよりも一〇倍怖い。

夫婦《ふうふ》どころか、直視することさえできない。

こんなの無理に決まっているではないか！

「今さらそんなことが通用するわけないでしょう。ほら」

ずいっと背中を押《お》される。

しかもけっこう勢いよく。

よろけるようにアリシアの身体は前へと進み、馬車のタラップを踏《ふ》む。

瞬間、カクンと膝から力が抜《ぬ》ける。

恐怖と緊張《きんちょう》で膝に力が入らなくなっていたのだ。

「わわっ⁉」

やばい！　転ぶ！

なんとか両手でバランスを取ろうとするも、もはやどうにもならない。

否応《いやおう》なく身体が地面に吸い寄せられていく。

視界の隅《すみ》で黒い影《かげ》が駆《か》け寄ってくるのが見えた。

国王ウィルフレッドそのひとである。

野生の獣《けもの》を思わせるような、しなやかで素早《すばや》い動きだった。

それはまるで、物語に出てくるお姫様《ひめさま》を助ける騎士そのもので――

アリシアの顔はそのまま彼《かれ》の胸元《むなもと》へとトスンと吸《す》い込《こ》まれ――

そして気が付けばその肘は、国王のこめかみを思いっきり打ち抜いていた。

全体重を乗せた、まさに会心の一撃《いちげき》であった。


「ぐうっ！」

苦悶の声とともに、国王が片膝《かたひざ》をつく。

周囲の騎士たちが一斉にどよめく。

当然と言えば当然だった。

世界広しと言えど、初対面の国王陛下を肘で打ち倒《たお》した花嫁などまずいまい。

いても困る。

(うわあああ、なにやらかしちゃってんのよ、あたしはぁあっ⁉)

国王の胸の中で、アリシアは悶《もだ》える。

多少そそっかしいところはあるが、こんな大ドジは記憶《きおく》でも数えるほどである。

それがどうしてよりによって、こんな大舞台《おおぶたい》で⁉

(どうしよどうしよ⁉　終わった！　あたしの人生、終わった……)

きっとこれからはエルボープリンセスなんていうこっぱずかしい二つ名で呼ばれることになるのだ。

蔑《さげす》んだ視線とともに、クスクスヒソヒソ笑われ続けるのだ、一生。

ああ、死にたい。

死んで人生をもう一度やり直したい……。

「っつ～～っ！」

(って、そんなこと考えてる場合じゃなかった！)

ウィルフレッドの呻《うめ》きに、アリシアははっと悲嘆《ひたん》の海から我に返る。

あまりの事にパニックになってしまったが、自分の被害者《ひがいしゃ》であるウィルフレッドの容態の確認が先だった。

「ご、ごめんなさいごめんなさい！　だ、大丈夫《だいじょうぶ》ですか⁉」

ガバッと彼の胸から身体をはがし、その顔を覗《のぞ》き見る。

手で押さえている部位からして、おそらくこめかみのあたりか。完璧《かんぺき》に人体の急所の一つである。

いかに最強と名高い武人と言えど、相当痛かったに違いない。

「陛下、大丈夫ですか⁉」

「お怪我《けが》は⁉」

「す、すぐに医師を……」

慌《あわ》てて側近と思《おぼ》しき人たちが心配げに駆け寄ってくる。

が、国王はバッとそれを手で制し、

「騒《さわ》ぐな、大したことはない」

何事もなかったかのように、すくっと立ち上がる。

そしてアリシアを見下ろし、問うてくる。

「君の方こそ怪我はないか？」

「っ⁉」

瞬間、ドキンッ！　とアリシアの心臓が跳《は》ねる。

恋愛的なものだったら良かったが、違う。

これは……恐怖だ。

「は、はい、お、おかげさまで、な、なんとか」

声が震えているのが、自分でもわかった。

こんなことではダメだということもわかっている。

だが、身体の震えが止まらない。

「……あまり大丈夫そうには見えないが？」

「い、いえ、ほ、本当に、ぴ、ピンピンしてますから」

「ピンピン？」

国王が驚《おどろ》いたように目を丸くしている。

（ああ、一国の王女が使うような言葉じゃないよね）

きっと不審《ふしん》に思われたのだろう。

「も、申し訳ございません、陛下。王女がとんだご無礼を……」

宰相も馬車から駆け降《お》りてきて、アリシアの頭を掴み無理やり下げてくる。

貴方《あなた》が押したせいでしょう！　とアリシアは思ったが、これ幸いとも思った。

少なくとも、こうしていれば、国王の顔を見ないで済むから。

「頭を上げられよ。先程も言ったが大したことはない。ちょっとしたアクシデントだ。気にするな。こちらも気にしていない」

「はっ、そう言って頂けると助かります」

「さて、ではセレモニーを続けたいところだが……」

再び国王の視線がアリシアのほうを向くのが、なんとなく気配でわかった。

だが、アリシアは怖くて顔を上げられない。

どうしても、ダメなのだ。

あの鷹のように鋭く冷たい眼を前にすると、幼い頃《ころ》のトラウマが脳裏にまざまざと蘇《よみがえ》ってくるのだ。


思い返すのは一〇年前――

当時はまだ母も再婚しておらず、誰《だれ》のとも知れぬ子を産んだ女に世間も冷たく、居づらくなって別の街へと引っ越《こ》そうとしていた時だった。

アリシア母娘《おやこ》の乗った馬車が、山賊《さんぞく》に襲《おそ》われたのだ。

「ほう、女の親子か。ククッ、どっちもなかなかの別嬪《べっぴん》じゃねえか」

乗り込んできた髭面《ひげづら》の山賊が、じろじろと母の顔とアリシアの顔を見比べながら、下卑《げび》た笑《え》みを浮かべる。

いったい自分たちはどうなるんだろう⁉

とにかく怖くて怖くて仕方なかった。

「や、やめて！　お、お金なら支払《しはら》いますから、み、見逃して！」

母がぎゅっとアリシアを守るように抱《だ》き締《し》めながら悲痛な声をあげる。

カタカタとその身体の震えが、アリシアにも伝わってきた。

「へっ、身なりからして大して持ってないだろ。そんなはした金なんかいるかよ。お前ら二人売った方がよっぽど儲《もう》けになるぜ」

山賊が母に手を伸《の》ばし、ぐいっと無理やり引っ張る。

「いや！　離《はな》して！　誰か助けて！」

「ママっ⁉」

「うるせえ！　助けなんか来やしねえよ。見な！」

「ひっ⁉」

馬車から引きずり降ろされ、最初に目に飛び込んできたのは、無惨《むざん》に転がったいくつもの死体である。

この馬車を護衛していた傭兵《ようへい》たちだった。

「諦《あきら》めな。もうお前ら親子は俺《おれ》たちのもんってことだ」

「そ、そんな……っ!?」

「お頭《かしら》ー！　女が乗ってましたぜ。けっこう美人！」

「ほう、そうか！」

一際《ひときわ》巨漢《きょかん》の山賊が、嬉《うれ》しそうに笑い、のしのしと近づいてくる。

そして母親の顔をくいっと持ち上げ、

「くくっ、少しとうは立っているが、確かに上玉だな。娘のほうも……」

「い、いや！」

拒絶《きょぜつ》の言葉とともにその手を払おうとするも、

「ふんっ」

その手首を掴まれ、乱暴に持ち上げられる。

「い、いたい！」

「お願いします！　娘にはひどいことしないで！」

「ほうほう、こっちも上玉じゃないか。こりゃ高く売れそうだ」

母親の嘆願《たんがん》をガン無視して、山賊の頭はジロジロとアリシアの顔を見て嗤《わら》う。

こちらを物としか認識していない目が、とにかく怖かった。

「ひっ⁉　う、うわあああん！　助けてー！　ママ！　ママーっ！　うわあああん！」

「うるせえ、ぴぃぴぃ泣くな！」

パァン！

右の頬《ほお》に信じられない強い痛みが疾る。

ジンジンと感じたこともないような熱さが、頬を焼く。

いったい何が起きたのか、一瞬《いっしゅん》わからなかった。

ここまで容赦《ようしゃ》なく強く殴《なぐ》られたのは、生まれて初めてだったのだ。

当然、泣き止《や》むなんてこともなく――

「う、う、うわああああああああんっ‼」

アリシアはもうわけもわからず、ただ喚《わめ》くように泣き叫《さけ》ぶ。

痛い！

怖い！

助けて！

いくつもの感情が心の中で爆発《ばくはつ》していた。

「ちっ、だからうるせえって言ってんだろ！　ちょうどいい。躾《しつけ》だ！　泣いてる限りぶたれるってことをきっちり身体に叩き込んでやる！」

「や、やめてぇっ！」

娘を守ろうと、母親が慌てて山賊の頭にすがりつく。

だが所詮《しょせん》は女の細腕《ほそうで》。

「きゃあっ⁉」

簡単に振《ふ》り払われ、地面に薙《な》ぎ倒される。

「うあああああんっ！」

「だからうるせえって……」

山賊の頭が再び右手を振り上げた、その時だった。

「ぐあっ！」

「ぎゃあっ⁉」

「てめ、なにっ、がふっ⁉」

山賊たちの野太い悲鳴が、次々と響《ひび》き渡《わた》る。

現れたのは、黒髪黒眼の少年である。

年の頃はまだ一四〜五歳《さい》といったところか。

だがその顔にはおおよそ稚気《ちき》と呼べるものはなく、いっぱしの戦士の貌《かお》である。

中でも印象的なのは、氷のように冷たく、そして鷹のように鋭いその眼だった。

「騒ぎを聞きつけて来てみれば、山賊か」

周囲に注意深く視線を巡《めぐ》らせ、少年は淡々《たんたん》と言う。

山賊は一〇人以上、多勢に無勢もいいところなのに、まったく落ち着いたものである。

「くそっ、がき、よくも仲間を！」

「ぶっ殺してやる！」

山賊が怒《いか》り狂《くる》って少年に斬りかかるが、

「ぐぅっ⁉」

「ぐえっ⁉　な……っ⁉」

その二人の間を少年が駆け抜けると、山賊が血を噴《ふ》いて倒れていく。

そこからは、一方的な虐殺《ぎゃくさつ》だった。

彼が剣《けん》を振るうたび、一人また一人と斬り捨てられていく。

十数人はいた山賊が、一分も経《た》たないうちに残るは頭一人になっていた。

「く、くるなっ！　け、剣を捨てろ！　こいつがどうなっても知らんぞ⁉」

ぐいっとアリシアを盾にして、山賊の頭が叫ぶ。

その声とアリシアを掴む手が、明らかに震《ふる》えていた。

「馬鹿か？　見ず知らずの人間の為《ため》に、なぜ俺が剣を捨てねばならない？」

黒髪《くろかみ》の少年が冷ややかに笑う。

ぞくぅっ⁉

「ひぃっ⁉」

「ひぐっ！」

奇《く》しくも、山賊の頭とアリシアの悲鳴が重なる。

そこにあったのは、虚無《きょむ》の殺意だった。

殺るべきことを殺る。

そこに敵意も憎悪《ぞうお》も恐怖も、何の感情もない。

彼にとって人殺しは、ただの作業でしかないのだ。

子供心にも、それがわかった。

自分はもう、ここで死ぬのだ、と。

「あっ……ああ……っ！」

圧倒的恐怖《あっとうてききょうふ》で、泣くことさえできなかった。

もはや息をすることさえ難しく、出るのは声にもならない嗚咽《おえつ》と、歯の鳴るカチカチという音だけだった。

「俺に遭《あ》ったことを、せいぜい地獄《じごく》で後悔《こうかい》するんだな」

血だまりの中で感情のない瞳《ひとみ》で冷たく笑う少年が、とにかく怖《こわ》かった。

山賊たちもそれは恐ろしかったが、この少年の放つ禍々《まがまが》しい圧迫感《あっぱく》に比べれば、全然大したことはない。

まるでそう、これは物語に出てくる死神や悪魔《あくま》そのものではないか！

「っ⁉」

恐怖が臨界点を超《こ》えたのだろう、ぷつんっとアリシアの視界は真っ黒に染まり、そこで記憶は途切《とぎ》れた。


「おい、どうした？　大丈夫か？」

「……えっ⁉　あ、は、はい。だ、大丈夫です！」

国王の声に、アリシアはハッと我に返る。

どうやら昔の記憶がフラッシュバックしていたらしい。

「とてもそうは見えないぞ。顔色が真っ青だ」

ジッとアリシアの顔を覗き見つつ、国王は言う。

貴方が見ているからだ！　と反射的に思ったが、さすがに言うわけにもいかない。
ただやはり怖さには打ち勝てず、目を逸《そ》らしてしまう。
（あの死神にそっくりすぎるのよ、このひと！　だめだめだめ！　むりむりむり！）
これが国家的な式典の最中だとか、すでにアリシアの頭の中からは吹《ふ》き飛んでいる。
あの死神のような少年が、自分を助けてくれたということも頭ではわかっている。
自分が今生きているのが、そのなによりの証拠《しょうこ》だ。
だが、これはもう理屈《りくつ》ではないのである。
目蓋《まぶた》の裏に、心の奥底《おくそこ》に、鮮明《せんめい》にイメージとして刻《きざ》み込まれてしまった。
血みどろの中で酷薄《こくはく》に笑う少年が。
その恐怖が、どうしても心を縛《しば》って離さないのだ。
「……俺が、怖いか？」
「っ！」
内心を言い当てられ、さらにアリシアの身体が強張る。
冷たい刃《やいば》を首筋に突《つ》き付けられたような、そんな気分である。
どう返すべきが正解か、まるでわからない。
彼があの時の死神ならば、言葉を間違えれば、今度こそ殺されるかもしれない。

そんな恐怖がさらに頭の中を真っ白にし――

『アリシア、感情だけで物事を判断してはだめよー』

脳裏に、亡《な》き母から言われた言葉が蘇る。

『あなた、ほんと怖がりよねー。でもね、怖い人には二種類いるんだよ。本当に怖い人と、本当は優《やさ》しい人と』

『悪魔はとても優しい微笑《ほほえ》みと声で近づいてくるし、本当に優しい人は、意外といかめしい顔をしてたりするものよ。あのあたしたちを助けてくれた黒髪の少年や、お義父《とう》さんみたいにね』

『その辺をちゃんと見極《みきわ》めれば幸せになれるよ。あたしみたいにね』

『だから怖がらないで、ちゃんと相手を見て』

次々と母の言葉が連鎖的《れんさてき》に浮かぶ。

それがほんの少しだけ、アリシアに勇気と冷静さをくれた。

「す、すみません、と、取り乱しまして……」

たどたどしくもなんとか謝《あやま》ると、

「色々、俺の噂《うわさ》を耳にしているのだろう？　正常な反応だ。気にするな」

国王はフッと小さく笑みをこぼす。

その自嘲《じちよう》するような響きの中に、少しだけ、そうほんの少しだけ、寂《さび》しさが混じっているように聞こえた。

勘違《かんちが》いかもしれないが、確かに感じたのだ。

寂しい？　なんで？

そこで、アリシアは冷水を浴びせかけられたかのようにはっとなる。

(あたしってば、いったい何をしているの？)

この人が、自分にいったいどんな害を及《およ》ぼしたと言うのだろうか？

何もしていない。

むしろ転びそうになったところを助けてくれただけだ。

肘打ちをかましたのに、怒《おこ》っている素振《そぶ》りもない。

表情はムスッとしていて声も淡々として温かみはないが、さっきからずっと自分の体調を気遣《きづか》ってくれてもいた。

翻《ひるがえ》って自分はどうだ？

助けて気遣ってまでくれた人に対して、見た目の印象だけで、怖がってビクついて言葉もろくに交《か》わせないどころか目まで逸らして、嫌《いや》な思いまでさせて。

「……えっ？」

そんな風に扱《あつか》われて悲しくないわけがない。寂しくないわけがない。

どう贔屓目《ひいきめ》に見ても、人としておかしいのはこっちである。無性《むしょう》に恥《は》ずかしくなってきた。

「セドリック」

「はっ」

「王女はどうやら体調不良らしい。残念だが輿入《こしい》れのセレモニーは取りやめに……」

いけない！

そんなことになればバロワの恥となり、実父が家族にどんな害を及ぼすか。

もう恐怖に立ち竦《すく》んでいる場合ではなかった。

「お待ちください！」

気が付けば、制止の声を張り上げていた。

「ん？」

国王が不審げにアリシアのほうを振り返る。

「っ！」

ぞくっと心と身体が反射的に強烈《きょうれつ》な拒絶反応を示す。

頭では理解しても、覚悟《かくご》を決めても、深層心理の奥深《おくふか》くに刻み込まれた恐怖は、そう簡単に拭《ぬぐ》えるものではない。

彼と向き合うと、どうしても心の奥底に恐怖の渦《うず》が巻き起こり、心をいっぱいにし、かき乱してくる。

「どうした？」

国王が訝《いぶか》しげに問う。

ドクンドクンと心臓は早鐘《はやがね》のように鳴っている。

喉《のど》はもうからからで、アリシアはごくりと唾《つば》を呑《の》み込む。

（なにくそっ！　お母さんも言っていた。女は度胸って！　あの死神さんだってあたしを助けてくれただけじゃないか。怖くない怖くない怖くない！　今こそ踏ん張れ！　放浪《ほうろう》生活で培《つちか》った雑草魂《だましい》！）

くじけそうになる自分を何度も何度も叱咤《しった》激励《げきれい》し、意地と気合で恐怖の波を力任せに押し返し、キッと国王を真正面から睨《にら》み据《す》える。

「もう大丈夫です！　セレモニーを続けましょう！」

ほんの少しだけ、時は巻き戻《もど》る。

（出だしからこれとは、前途多難《ぜんとたなん》だな）

何事も即断即決《そくだんそっけつ》、いついかなる時も冷静さを失わず、二四歳という年に見合わぬ泰然自若《たいぜんじじゃく》さで知られるウインザー王国の国王ウィルフレッドは、実に珍《めずら》しく戸惑っていた。

その理由は、言わずもがな、哀《あわ》れに自分に怯《おび》える少女である。

どう扱えばいいのかわからず、正直、困り果てていた。

（つくづく不憫《ふびん》な娘だ）

卓抜《たくばつ》した戦略家たるウィルフレッドである。

自分の嫁《よめ》になる人間のことは、調べられることは当然調べている。

彼女《かのじょ》が正妃の子でないことも、市井《しせい》で暮らしていたのに王家の都合で呼び戻され、身代わりにウィルフレッドの下へと差し出されたことも、知っている。

他人には思えず同情も覚えていたが、

「……俺が、怖いか？」

「っ！」

一応確認《かくにん》すると、アリシア王女がビクッと身体を強張《こわば》らせる。

どうやら大当たりのようである。

「色々、俺の噂を耳にしているのだろう？　正常な反応だ。気にするな」

この言葉通り、恐怖でこうなるのは、別に彼女だけではない。

これまでにもよくあったことだった。

彼女はその中でも、なかなかひどい部類ではあるが。

（そういえばセドリックにも、『貴方は言うなればドラゴンですから』と口癖《くちぐせ》のように言われていたな）

どうも自分は、まったくそのつもりはないのだが、無意識に他人を威圧《いあつ》してしまっているらしい。

そこにいるだけで、寝《ね》ていてさえ人は勝手に恐怖する。

本人的には優しく撫《な》でたつもりでも、その力で、威圧感で、言葉の爪《つめ》で、相手を薙ぎ倒し、切り裂《さ》いてしまう。

呼吸しているだけでも、鼻息で吹き飛ばしてしまう。

そういう存在だ、と。

ひどい言い草だとは思うが、事実から見るに的を射てはいるのだろう。

（まあ、いつものことだ）

別にその辺をとやかく言うつもりは、ウィルフレッドにはなかった。

この手のことはもう慣れっこすぎて、今さら気にもならない。

そんなことより、彼が気にするのは今後のことである。

(これが部下なら簡単なんだがな)

適度な恐怖ならむしろ発奮させる材料だから放置すればいいし、業務や体調に支障をきたすレベルならば、自分とは合わなかったのだろうと配置替《が》えすればいいだけの話だ。

幸い、王宮にはやらねばならぬ仕事は腐《くさ》るほどある。

適材適所で振り分ければいいだけのことだ。

(さすがに、同盟国から頂いた嫁となると、そうもいかんしなぁ)

性格が合わなそうなので別なのと取り換《か》えてくれ、などとはとても言えない。

言えば、せっかくの蜜月《みつげつ》関係にヒビを入れること請《う》け合いである。

ウィルフレッド個人としては、このまま田舎《いなか》のほうの家族の下に帰してやりたいところなのだが、自分たちの結婚には冗談抜きで二国の命運がかかっている。

この二国に住む何百万という人々の生活も。

一個人の都合で別れるわけにはいかないのだ。

(とは言え、市井で育った何も知らぬ娘に、これ以上、こんな茶番に付き合わせるのは酷《こく》だな)

この結婚《けっこん》に愛などはなく、あるのは国家間の打算のみだ。

重要なのは、ウインザーとバロワが縁戚《えんせき》関係を結んだ、という一点である。

それだけ叶《かな》えば、御《おん》の字《じ》である。

ならば形式的なことや対外的なことはすべて、こちらが引き受ければいいだけの話だ。

公式の場に妻がいないというのは多少面子的に面倒臭《めんどうくさ》いことにはなりそうだが、型破りさでは定評のあるウィルフレッドである。

これまた今さらだし、自分ならばどうとでもできるだろう。

事実、してきた。

「セドリック」

「はっ」

「王女はどうやら体調不良らしい。残念だが輿入れのセレモニーは取りやめに……」

しよう、そう言いかけたその時だった。

「お待ちください！」

凛《りん》とした声が背中から響く。

「ん？」

わずかに眉《まゆ》をひそめつつ、ウィルフレッドは振り返る。

一瞬、誰かわからなかった。

声はアリシア王女のものだ。

だが、その声に宿る覇気は、先程《さきほど》までとはまるで別人である。

「どうした？」

「っ！」

とは言えその威勢《いせい》も、ウィルフレッドが彼女に目を向けるまでである。

視線が合った瞬間《しゅんかん》、アリシア王女はまた表情を固く強張らせる。

怖いのだろう。無理をするな。

そう言おうとしたが、すんでのところで思いとどまる。

アリシア王女はそれでも目を逸らさず、こちらの目をこれでもかと睨みつけてきたからだ。

「もう大丈夫です！　セレモニーを続けましょう！」

「…………」

その毅然《きぜん》とした豹変《ひょうへん》ぶりに、ウィルフレッドは思わず目を奪《うば》われる。

怖くないはずがない。

証拠に今も、彼女の身体は小さく震えたままだ。

それでも、意志のこもった強くまっすぐな瞳を自分へと向けてくる。

彼の知る女は誰も、このような瞳を自分に向けてくることはなかった。

先程の少女のように怯えるか、自分の背後にある権勢を求め媚《こ》びてくるか、そのどちらかでしかなかった。

だから少しだけ意外で、新鮮《しんせん》で、そして美しいと感じた。


その後、セレモニーは滞《とどこお》りなく進んだ。

セレモニーの目的は、教会での結婚の誓《ちか》いと、新たな正妃《せいひ》となるアリシアのお披露目《ひろめ》である。

つまりアリシアの仕事としては、基本国王の隣《となり》を歩き、笑顔《えがお》で周囲に手を振ることだ。

正直、人前に出るのはあまり好きではないが、過去のトラウマと向き合うことに比べたら、大したプレッシャーではない。

なんとか無難にこなし、一件落着。

不安に思っていたセレモニーのクライマックスの誓いのキスも、国王が気を遣《つか》ってくれたのかオデコにだった。

ちょっと申し訳なくも思ったが、おかげで変にパニックになることもなく、大任を果たすこともでき、ほっと一息つく。

……とはいかなかった。

今までの物はほんの序の口、まだ最大最強の難関が待ち構えていた。

新婚夫婦《しんこんふうふ》に必ず訪《おとず》れるもの。

そうすなわち、初夜である。

（ひぃぃぃっ、やっぱりするのよね⁉　しなくちゃいけないのよね⁉　そういうこと⁉）

目の前でデンッと存在感と圧をこれでもかと発している天蓋《てんがい》付きの豪奢《ごうしゃ》なベッドを前に、アリシアは思いっきり顔を引き攣《つ》らせる。

当然ながら、アリシアにはそういう経験はない。

恋人《こいびと》がいたこともない。

それでいきなりこれか⁉　と不安に慄《おのの》いていた。

「アリシア殿《どの》」

「ひゃ、ひゃいっ⁉」

背後から声をかけられ、思わず声が裏返る。

おそるおそる振り返るとそこにいるのは当然、このたび自分の夫となったウインザー王国国王ウィルフレッドである。

正装から寝間着《ねまき》と思しきガウンを羽織っている。胸元からは鍛《きた》えられた胸板《むないた》が覗き、なんとも言えない色気があった。

いやがおうでもこれからのことを意識せざるを得ない。

思わずごくりと唾を呑み込み――

「そう怯えるな。何もするつもりはない」

国王は苦笑《くしよう》とともに、近くにあったソファーにどさっと腰《こし》を掛《か》ける。

（あっ、またあの笑い方だ）

小さく鼻を鳴らし、皮肉げな、好かれるのを諦めきったような、そして怖がられることをどこか当然と受け入れてもいる、そんな笑みだ。

チクリと罪悪感で、胸が痛む。

こんな顔をさせているのは、他でもない自分なのだ。

「あ、あの、何もするつもりはないって、い、いいんですか？」

間抜《まぬ》けな質問だと、我ながら思うアリシア。

状況《じようきよう》から普通《ふつう》に考えて、自分が怯えた姿を見せたからなのは明らかである。

「そ、その、た、確かにちょ、ちょっと怖いですけど、頑張《がんば》ります！　し、しないといけないことなんだから、耐《た》えてみせます！」

なけなしの勇気を振り絞《しぼ》って、アリシアは気丈《きじょう》に言う。

宰相《さいしょう》の話によれば、明け方、女官長を始めとした複数の人間が、ベッドに付いた血を確認しにくるという。

処女であるということで、花嫁《はなよめ》の貞操《ていそう》を確認し、その後、生まれた子供が夫の血を引いていることを確信するために。

デリカシーのかけらもない！　狂ってる！　とアリシアは憤然《ふんぜん》としたものだが、なにより血統を重んじる貴族階級においては、ごくごく一般的《いっぱんてき》なしきたりらしい。

ここで無作法をしようものなら、家族にバロワ王の魔《ま》の手が伸びる。

それだけは、何をおいても避《さ》けねばならない。

たとえこの身がどうなろうとも、だ。

いやさすがに、死にたくまではないが。

「無理しなくていい」

「む、無理なんて！」

「そもそも、元から俺にそういうつもりはない」

「えっ、あ、そ、それはやっぱり、わたしが怯えすぎたから、ですか？」

「いや、それは関係ない」

「じゃ、じゃあ好みではないと」

アリシアはそこまで自分をブサイクだとまでは思ったことはないが、バロワ王国の宮廷《きゅうてい》や今日のセレモニーで見た着飾《きかざ》った華《はな》やかな美女たちと比べると、自分はやっぱり地味で垢抜《あかぬ》けていないと思う。

相手はなにせ一国の王である。

しかも向かうところ敵なしの一代の英雄《えいゆう》でもある。

きっと女なんて選《よ》り取り見取《みど》りのはずで、自分などではきっと物足りないのだろう。

そう思ったのだが、国王は首を振る。

「そうでもない。君はまあ、そこそこ綺麗《きれい》なほうだと思うぞ。さすがに絶世の美女とも思わないが」

女性に対して『そこそこ』なんて、わざわざそんな断りをいれるのはいかがなものかとちょっと思ったが、一方でだからこそその無粋《ぶすい》な言葉に嘘《うそ》はないのだろうとも思った。

今の、国も違《ちが》えば色々状況もわからない中で、アリシアもお世辞なんてかけらも求めていない。

むしろありがたくさえあった。

「ではあの、どうして、ですか？」

「最初にまず、それを君には話さねばならないと思っていた」

おそるおそる続きを促《うなが》すと、国王はじっとアリシアを見据《みす》え、真剣《しんけん》な顔付きで言う。

いや、この王はいつも険しい表情しか浮《う》かべていないのだが。

セレモニーの間に多少は慣れたとはいえ、やはり怖いものは怖い。

さらに、なんだろう。

雰囲気《ふんいき》がというしかないが、とても深刻そうに感じた。

「な、なんです、か？」

ドキドキと緊張《きんちょう》に詰《つ》まりながら、アリシアは問う。

いったいどんな難題を切り出されるのか、戦々恐々《せんせんきょうきょう》である。

国王がゆっくりと口を開き、

「俺はこの先、君との間に子を儲けるつもりはない。だから、そういうことをする気もない。夫失格といっていいだろう。申し訳ない」

ガバッと深々と頭を下げる。

アリシアのほうが思わずギョッとなる。

「そ、そんな！　へ、陛下、あ、頭をお上げください」

あわあわおろおろ動転しながら、アリシアは言う。

相手は国王、この国で最も至尊の存在である。

そんな存在が頭を下げてくるなど、夢にも思うわけないではないか！

しかし、国王は頭を上げることなく、

「いや、本来ならこんなことは結婚する前に伝えるべきことだ。結婚してから伝えるのは、重大な契約違反《けいやくいはん》と言える。だが、バロワとの同盟は我が国《わくに》の生命線だ。この結婚は、なんとしても成約させせねばならなかった」

「はい！　わかりました！　許します、許しますから頭をお上げください！」

「ん？　許すといっても、まだ理由を説明しきっていない。それを聞いてからでも……」

「そんなの聞かなくても許します！　だから頭を上げてください！」

もう勘弁《かんべん》してほしい、とアリシアは涙目《なみだめ》で思う。

こっちはつい先日まで庶民《しょみん》だった身である。

この状態はもうただただ恐縮《きょうしゅく》するしかなく、心臓に悪いことこの上ないのだ。

「ふむ、そうか。君は随分《ずいぶん》と心が広いな」

微妙《びみょう》にズレたことを言いつつ、ようやく国王が顔をあげてくれる。

アリシアは内心でほっと一息つきつつ、

（でも、随分と律儀《りちぎ》な王様よね）

そんなことを思う。

セレモニーからこれまで、さんざんアリシアは怯えに怯えていたのだ。

正直、失礼この上なかったと我ながら思う。

それを理由にすれば手を出さないのは、人間として至極《しごく》当然のことではある。

全部こっちの落ち度にできるだろうに、それをするつもりはないらしい。

「こちらとしては有り難《がた》いが、少々、早計にも思う。正妃となれば、その子は世継《よつ》ぎだ。懐妊《かいにん》の兆《きざ》しがなければ、周囲からは冷たい目で見られるだろう」

「あ～……」

そういえばそういうものがあった、とアリシアは頬を軽く引き攣らせる。

知人の女性が、跡取《あとと》りを産めないことで、夫側の親戚《しんせき》からの圧力が強くてきつい！　と嘆《なげ》いていたものだが、王宮のそれはおそらくその人の比ではあるまい。

かなりの数の視線、圧力に晒《さら》されるに違いない。

考えるだけで少し気が滅入《めい》った。

確かに国王の言うとおり、少し早計だったかもしれない。

「あの、やっぱり理由を説明して頂いてもよろしいですか？　誰《だれ》か、他に想《おも》い人がおられる、とか？」

さすがにこれからずっとそういう視線や圧力に耐え続けるのなら、せめて理由ぐらいはわからないときつそうだった。

「いや、そもそも王でいる限り、俺は誰とも子を儲《もう》けるつもりはない」

きっぱりと言い切られ、アリシアはキョトンとなる。

言葉の意味を咀嚼《そしゃく》してから、おずおずと問う。

「……あの、王様というのは、子供を作らないといけないのでは？」

それが貴族や王族の最大の義務だったはずだ。

家と血統を存続させるには、子孫の存在が必要不可欠だから。

実際、アリシアはバロワ王国のいろんな人たちから、そう圧力をかけられたものだ。

とにかく男子を産め、と。

「くそくらえだな」

だが国王はそれを一言の下に切り捨てる。

しかも国王とは思えぬ言葉遣《ことばづか》いで、である。

「俺《おれ》から言わせれば、我が子を王にしたいなど、とてもまっとうな神経ではないな」

吐《は》き捨てるように、国王は言い切る。

その言葉には、抑《おさ》えきれない嫌悪《けんお》が滲《にじ》んでいた。

「そ、そういうものなのですか？　できるものならしたい人、いっぱいいそうですけど」

事実、この短い間でも、いっぱい見てきた。

地位や権力、財産、欲《ほ》しい物は思うがまま。

そういうイメージがあったのだが……？

「ああ、吐いて捨てるほどいるな、そういうのは。そのためには親兄弟さえ殺すほどに欲しいらしい」

冷めきった声で、ウィルフレッドは言う。

それでアリシアもハッとなる。

宰相によれば、この人は、親兄弟から何度も刺客《しかく》を放たれ、ついには自分も腹違《はらちが》いとは言え兄をその手にかけ玉座を奪ったという話だ。

そのあたりで、色々想うところがあるのだろう。

「だが少なくとも俺は、自分の子が王座を巡って殺し合う様など、心底勘弁願いたいな」

「……なるほど」

アリシアも重々しくうなずく。

彼女自身、半分しか血が繋《つな》がっていないとは言え、弟妹《ていまい》たちを心から可愛《かわい》く思っている。

そんな彼《かれ》らと殺し合うなど、絶対にしたくない。

想像さえしたくなかった。

「だから……子供は作らない、と？」

「そうだ。君には申し訳ないと思うし、大変な思いもさせると思うが、なんとか受け入れてほしいと思っている。その分、俺にできる限りのことはしよう。だから、この通りだ」

言って、国王は再び深々と頭を下げる。

少々、極端《きょくたん》な気がしないでもないが、それだけ、権力というものの怖さを思い知っているのだろう。

そして、自らの子をそんな目に遭わせたくはない、と。

その生い立ちを考えると、彼の気持ちもわからないでもなかった。

「ま、まあ、わたしは別にそれで、全然構いませんけども……」

アリシアとしても、その申し出は正直、願ってもないことであった。

この王のことはもう嫌《きら》いではないが、やはりそういうことは、好きなひととすることだとアリシアは思う。

それに、純粋《じゅんすい》に怖くもある。

しないで済むのなら万々歳《ばんばんざい》であった。

「そうか。助かる！」

国王が顔をあげ、ふ〜〜っと安堵《あんど》の吐息《といき》をつく。

彼なりにかなり気を揉《も》む案件であったらしい。

おそらくは自分ではなく、自分の後ろにいるバロワの動向を気にして、だろうが。

「でも、次の王はどうするのです？　絶対いろんなところからせっつかれますよね？」

「弟が一人いる。少々頼《たよ》りなくはあるが、まあ、セドリックあたりが補佐すればなんとかなるだろう」

あっさりとそんなことを言う。

玉座というものにまったく未練がないらしい。

簒奪《さんだつ》という話だから、自分から王位に就《つ》いたはずなのに。

「……あの、陛下はなんでこの国の王様をやろうって思われたんですか？　すっごく嫌そうなのに。あっ、もちろん、仰《おっしゃ》りたくないことならいいんですけど」

聞いていいのか迷ったが、もうその場の空気に乗っかって率直《そっちょく》に聞いてみることにした。

もう結婚してしまったんだし、自分にも関わりのあることだ。

聞けそうなときに聞いておいたほうがいいだろうと思った。

「この国は、腐っていた。千年という長い伝統としがらみで雁字《がんじ》搦《がら》めになり、大鉈《おおなた》も振《ふ》るえず不正も横行し、斜陽《しゃよう》の一途《いっと》を辿《たど》っていた」

回顧《かいこ》するように虚空《こくう》を見上げ、ぽつりと国王が口を開く。

「……はい」

その辺の話も、宰相から聞いていた通りである。

現国王ウィルフレッドが台頭してくるまでは、歴史が長いだけで、かつての栄光などはるか昔、落ちぶれた三流国家だった、と。

「先々代も、先代も、ろくなことをせず贅沢三昧《ぜいたくざんまい》、国を傾《かたむ》かせ続けるだけだった。皆《みな》が緩《ゆる》やかな衰退《すいたい》を感じていた。皆がそれをどうにかしたいと願っていた。皆が俺に期待を寄せているのがわかった。他に誰もいなかった。それだけの話だ」

とてもそれだけとは言えないようなことを、国王は淡々《たんたん》と言う。

どこか他人事のようにも聞こえた。

きっとこの二年間だって、大変だったはずなのに。

決してやりたくてやっているわけではないことは、言動の端々《はしばし》から感じる。

ただ、やらなくちゃいけないからやっている。

そしてそれを、仕方ないこととも思っている。

たとえ大勢に嫌われても、それがこの国に住む皆の幸せのためになるのなら、と。

なかなかできることではないと思った。

少なくとも、自分なら絶対すぐに潰《つぶ》れている。

「陛下って噂に反して、実はかなり優しい人、ですよね？」

お母さんの言う通りだ、と思った。

まだ出会って半日も経《た》っていないが、これはもう確信があった。

確かに噂通り、大のために小を切り捨てることをいとわない、そういう苛烈《かれつ》さを持ってはいるのだろう。

でも、それだけじゃない。

本当のこの人はきっと、生真面目《きまじめ》で、誠実で、大勢のために献身的《けんしんてき》に尽《つ》くそうとする、すっごく優しいひとだと思った。

ただ、見た目と雰囲気に圧があってめちゃくちゃ怖いだけで。

しゃべる言葉も無骨すぎて不器用すぎて、わかりにくいだけで。

「……は？」

何を言われたのかわからないとばかりに、国王が目を瞬《またた》かせる。

しばらく呆然《ぼうぜん》とし、ついで――

「ぷっ」

国王の口から変な声が吹き出す。

なんだ？　とアリシアがいぶかった瞬間、

「くくっ」

たまりかねたように、国王が口元を押《お》さえる。

よほどツボにはまったのか、身体を震わせてまでいた。

「へ？　〜〜っ！」

最初はポカンとしたアリシアであったが、だんだんとその顔が羞恥《しゅうち》に染まっていく。

庶民育ちのアリシアには、宮廷の常識がわからない。

何か自分がとんちんかんなことを言ってしまったのかもしれないが、でもそこまで笑うことはないではないか。

普段《ふだん》であれば、アリシアも猛然《もうぜん》と食《く》って掛かったであろうが、相手は曲がりなりにも国王、下手に口答えするわけにもいかない。

しかし面白《おもしろ》いはずもなく、その唇《くちびる》がどんどん尖《とが》っていく。

「ああ、すまんすまん。くくっ、まさか優しい人扱いされるとは夢にも思っていなくてな」

実に三〇秒近くも笑い続けてから、ようやく国王が謝罪してくる。

「むぅっ、陛下、普通に優しい人じゃないですか。あたし何もおかしなこと言ってません」

内心の恥ずかしさや怒《いか》りを抑え、なんとか丁寧《ていねい》に言葉を返すアリシア。

もっとも根が素直《すなお》なたちなので、その表情や声にはありありと不満がこもっていたが。

また一人称《いちにんしょう》も素の「あたし」に戻っているが、本人は気づいていない。

「いや、おかしいな。生まれてこの方、そんな風に言われたのは初めてだ。冷たいだの心がないだのとはよく言われるがな」

先程までとは違う、くつくつと自らを嘲《あざけ》るような笑《え》みを国王は零《こぼ》す。

戻ってしまった、とアリシアは内心ちょっと残念に思う。

笑われるのは嫌だったが、それでも、こんな顔よりもさっきの楽しげに笑っていた時の顔のほうが全然良かったと思う。

「それは周りの人の見る目がないんですよ」

だからきっぱりと言ってやる。

皆のために頑張ってるのに、わかってもらえないなんて、怖《こわ》がられているだけなんて、そんなのあまりに悲しすぎるじゃないか。寂しすぎるじゃないか。

他の人がわからないのなら、せめて自分だけでもわかってあげようと思った。

この人の、不器用すぎてわかりにくい優《やさ》しさを。

愛している、なんて口が裂けても言えない。

愛されている、とも まったく思わない。

あんなに一方的に怖がった自分には、今更《いまさら》そのどちらの資格もないと思う。

それでも――

たとえ国同士の思惑《おもわく》しかなかったとしても――

まだ出会ったばかりだとしても――

もう自分はこの人の妻なのだから。

そして自分はどうもこの人が、嫌いではないから。

異性としてはともかく、人間としてはとても好ましいと思ってしまったから。

「そうか？　やはり君の目のほうがおかしいと思うがな」

「別にそれならそれでいいです。あたしが個人的にそう思っておくだけですから」

「なるほど、それならば仕方ないな。しかし、最初はどうなるかと思ったが、今では結婚相手が君で良かったと心底思う」

「えっ⁉」

思わずドキンッとアリシアの胸が脈打つ。

いきなりそんなことを言われるとは思ってもみなかったから。

「そ、それって……」

「否が応《おう》でも、これから長い付き合いになるのだ。好感を持ってもらえるに越《こ》したことはない」

うむっと国王が満足げにうなずく。

がくんっとアリシアの肩《かた》から力が抜《ぬ》ける。

つくづく、そうつくづく実務的なことしか考えていないひとだと思う。

それに、女心もわかっていない。

なんだ、よりにもよって否が応でもって。

仕方なしでも付き合うしかない、と言っているみたいではないか。

本人にそのつもりがないのはわかっている。

おそらくむしろ、アリシアのほうに配慮《はいりよ》しての言葉だろう、ということも。

それでももう少し、もう少し言い方というものがあるのではなかろうか?

とにもかくにも、後にウインザー王国で最幸の夫婦《ふうふ》と言われることになる二人の結婚生活は、こうして幕を開けたのだった。

その夜——

ある貴族の邸宅《ていたく》では、国王ご結婚を祝賀する舞踏会《ぶとうかい》が開かれていた。

だが、それはあくまで隠《かく》れ蓑《みの》に過ぎない。

裏ではろうそくだけが照らす闇《やみ》の中、国王ウィルフレッドに反感を持つ貴族たちが集まり、喧々諤々《けんけんがくがく》と意見を言い合っていた。

「何が四公六民じゃ。そんな理想で実際の領地経営ができるものか」

「まったくじゃ、このままでは我ら、干上《ひあ》がってしまうぞ」

「守らねば厳罰《げんばつ》。サセックス辺境伯《はく》も放逐《ほうちく》されたというぞ」

「何と薄情《はくじょう》な。我らがウインザー王家に何百年仕えてきたと思っているのか」

「儂《わし》らあっての王ということを、あの方はわかっておらぬ」

「そういえば、なかなか盛大《せいだい》な式だったそうじゃな」

「うむ、家臣の窮乏《きゅうぼう》をまったく意に介《かい》さず。自分だけ贅沢《ぜいたく》しおってからに」

「まったくまったく。我らの苦労を知らず、いい気なものじゃな」

ほとんどは意見というよりは、現状への愚痴《ぐち》といったところだったが。

それだけ現王ウィルフレッドに反感を持つ者が多いという証左でもある。

「やはりあの方は王の器ではありません。早急《さっきゅう》に退位してもらわねば！」

意を決したように、場の貴族の一人が気勢を上げるも——

途端《とたん》、

「うっ、それはその通りとは思うが……」

「私も同意見ではありますが……」

「その、具体的にどうするのです？」

「色々女を送り込《おくこ》んではおるが、手を出す気配はない」

「刺客も皆、返り討《う》ちだ」

「バロワの姫《ひめ》と結婚し、あの王の政権基盤《きばん》はますます確固としたものになり、政治的に引きずりおろすのも厳しい」

「かといって真正面から剣《けん》を持って立ち向かっては勝てん。兵の数では上回れようが……」

皆、一様に弱気な発言を繰《く》り返す。

皆知っているのだ。

戦場におけるウィルフレッドの鬼神《きじん》のごとき活躍《かつやく》を。

戦となれば、絶対にあの男に勝てないということを。

はっきり言ってあの王のやりようは無茶苦茶《むちゃくちゃ》だ。

本来なら、多数派の反対に押し潰されるのが常だ。

にもかかわらず、あの男は二年もの間、自らの信念を強硬に押し通し続けた。

それが許されたのは、ひとえにその理不尽《りふじん》なまでに圧倒的《あっとうてき》な武力ゆえである。

アマルダ王国と戦っている時はこれほど頼《たの》もしいものもいなかったが、今はまさに目の上のたんこぶと化していた。

「確かにあの方は戦だけはでたらめに強いですが、とは言え隙《すき》もあります。それも致命的《ちめいてき》な、ね。そこを突《つ》けば、案外脆《もろ》いものですよ」

暗闇《くらやみ》の中に、一際《ひときわ》若い声が響《ひび》く。

だが、この場にいる誰も、若造が大層な口を利《き》くなとは言わない、思いもしない。

彼に向ける皆の視線には、怯《おび》えと敬意がある。

年こそ若くとも、彼がこの場を仕切っているのは一目瞭然《いちもくりょうぜん》だった。

「かの王は人の心の機微《きび》を知りません。この二年、あの王の性急な改革により、王国内の色々な場所で軋《きし》みは生まれております。何かの拍子《ひょうし》で自《おの》ずと自壊《じかい》していきましょう。そしてすでに手は打ってあります」

ACT TWO

Kokou no Ou to
Hidamari no Hanayome ga
Saikou no Fuufu ni narumade

「改めて、我が妻アリシアだ」

「ア、アリシアです。よ、よろしくお願いいたちましゅっ！」

……。

…………。

何とも言えない沈黙《ちんもく》が、その場を支配していた。

相手もまた、なんと返していいものかわからず困惑《こんわく》した様子である。

今日はウインザー王国の主要人物との顔合わせだった。

国王が不在の時、重要案件の決済は王子が成人しているなら王子が、王子がいない時は正妃がするというのが、ウインザー王国の古くからの習わしである。

もちろん、政治のことなど右も左もわからないアリシアに判断までさせるはずもなく、ただハンコを押すだけなのだが、挨拶《あいさつ》してお互《たが》い顔合わせぐらいはしておこうということだったのだが、

(のっけからいきなりまたやらかしたーっ!)

なんとか表情は引き攣った笑みを浮かべつつも、心の中で絶叫《ぜっきょう》するアリシア。

なんで! 自分は! 大事な時に限ってポカをするのか⁉

顔がとにかく熱い。

穴があったら入りたいとはこのことだった。

「……主席秘書官のセドリックです。こちらこそよろしくお願いいたします。以後、お見知りおきを」

数拍《はく》か遅《おく》れて、金髪《きんぱつ》の美青年がペコリと頭を下げる。

正妃という立場を慮《おもんぱか》ってどうやらスルーしてくれたようだが、やはり気まずい。

死ぬほど気まずい。

(っていうかセレモニーの時も思ったけど、男の人にいう言葉じゃないけど、すっごい美人!)

背の高さにだけ目をつむれば、女と言っても通りそうである。

ウィルフレッドも野性味あふれる美形なので、こうして並んでいる姿を見ると、物語のワンシーンかというぐらい絵になる二人だった。

「こいつは俺の右腕《みぎうで》だ。何か困った時にはこいつに相談するといい」

ウィルフレッドが、何事もなかったかのように淡々と話を進めてくれる。

なかったことにしてくれたのは心底から有難《ありがた》かった。

この二人のフォローをむげにするわけにはいかない。

気持ちを立て直し、にっこりと微笑《ほほえ》みながら、

「セドリック様、御高名《ごこうめい》は耳にしておりましゅ」

また噛《か》んだ。

「…………」

「…………」

再び、なんとも言えない、アリシアにとっては永遠とも思えるような沈黙が訪れ、

「……ぷっ、くくくっ」

たまりかねたようにウィルフレッドが吹《ふ》き出し、

「ちょっ、陛下。笑っては……ぷふぅっ」

注意しようとしたセドリックも、我慢《がまん》できなかったようで吹き出す。

「くくっ、やはりアリシアは面白いな」

「ううぅっ」

アリシアはもう涙目である。

恥《は》ずかしさに身の置き場がない。

正直、今すぐ回れ右をしてこの場から逃《に》げ去りたいぐらいである。

もちろん、そんなことできるわけもないのだが。

「君と出会ってから笑うことが増えた気がする」

「すみませんね！　ドジな嫁《よめ》で！」

「謝《あやま》ることはない。むしろ褒《ほ》めている。笑いの絶えない家庭というのに憧《あこが》れていたんだ」

「今のところ一方的にあたしが笑われてるだけですけどね⁉」

「君といると、退屈《たいくつ》しなくて済みそうだ」

「くううううっ！」

呻《うめ》きとともに、アリシアは恨《うら》みがましい目でウィルフレッドを睨《にら》む。

わかっている。わかっているのだ。

明らかに今回のはアリシアの自爆《じばく》である。

こんなの、自分だって絶対笑う。

それでも、それでもせめて夫ぐらいは笑わずに耐えていてほしかったというのは贅沢な願いだろうか。

……どう考えても贅沢だと思った。

（って、そういえば！）

思い出したように、アリシアはセドリックたちのほうを振り返る。

自爆トラブルで、すっかり彼らとはほとんど初対面であったことを忘れていた。

そんな状況でなに夫とアホな言い合いをしているのか。

半分以上はからかってきた夫のせいだと思いたいが、超がつくほどの失態である。

「………」

（あああ、やっぱり呆《あき》れられてるぅうっ！）

目を見開きポカンとしているセドリックに、アリシアは心の中で悶絶《もんぜつ》する。

人間、初対面で印象の八割が決まるというのに、自分はいったい何をやらかしているのか。

もう一度やり直したい！

っていうか、人生をもう一度やり直したい！

輿入《こしい》れのセレモニーの時にも思ったけど！

「……二人とも、一日で随分と打ち解けられましたね」

なんとかそれだけ、セドリックが口にする。

（ううっ、ごめんなさい。また気遣《きづか》わせてしまって……）

なんて申し訳なく思うアリシアであったが、実のところ、セドリックは心底から打ち解けたことに驚《おどろ》いていたりする。

彼はウィルフレッドとは物心付く前からの付き合いであり、ウィルフレッドが女性と、いやそもそも他人と短期間でここまで気安い会話をしていたのはついぞ記憶《きおく》になかったのだ。

だが、そんなことにアリシアはもちろん気づかない。

（めちゃくちゃ優しくていい人だ！）

ただただ感謝感激雨あられであった。

「うむ、嬉《うれ》しい誤算だった。多分に彼女《かのじょ》の人徳のおかげだな」

「もうそういう煽《あお》りには乗りませんから」

一方、まだからかってくる夫には、ツンと冷ややかに応対する。

これ以上付き合って恥《はじ》を晒すのはごめんである。

だが、当の夫はキョトンとした顔で、

「煽り？　何のことだ？」

「とぼけても無駄《むだ》です。人をからかって。陛下は意地悪です」

「？　だから何のことだ？　からかった覚えなどまったくないぞ。むしろ心から褒めていたんだが」

この言葉はウィルフレッドの嘘偽《うそいつわ》りない本心であったのだが、

「あー、はいはい」

いじってるとしか思えなかったアリシアは、ぞんざいに受け流す。

国王に対する態度としては少々問題な気がしないでもなかったが、仕掛《しか》けてきたのはあちらのほうである。

それにもう、一応形の上では夫婦だ。

これぐらいの応対は許されるだろう。

なんだかんだ彼は許してくれる人だと、アリシアにはわかっていたから。

そんな二人を、セドリックはまた呆然と見つめていた。


「兄上！」

執務室《しつむしつ》を出て他の主要な貴族のところにも挨拶回りをしていた時である。

背後から声が響き、ウィルフレッドが振り返ると、金髪碧眼《きんぱつへきがん》の美少年が満面の笑みとともに駆《か》け寄ってくる。

「ああ、お前か。後でお前のところにも顔を出そうと思っていたから丁度いい」

「えっ、ボクのところにですか？」

少年がパチクリと目を瞬かせる。

今年一九歳《さい》になるが、年齢《ねんれい》より幼くあどけない印象を受ける。

「紹介《しょうかい》がまだだったろう？　俺の妻になったアリシアだ」

「は、は、はじめまして！　アリシアと申します！」

ウィルフレッドが手で指し示すと、アリシアが緊張しきったぎこちない調子でペコリと頭を下げる。

先程《さきほど》の失敗をまだ気にしているらしい。

少年も返礼するように頭を下げて名乗る。

「はじめまして。王弟リチャード＝アキテーヌ＝ウインザーです」

言って、顔を上げるやリチャードはニコッと柔《やわ》らかい笑みを浮かべた。

その笑みに、近くにいたメイドたちからほうっと感嘆《かんたん》の溜《た》め息《いき》が漏《も》れる。

「ほえ～」

隣《となり》ではアリシアも驚き呆《ほう》けた顔で、リチャードの顔をまじまじと見つめている。

無理もない、とウィルフレッドは思う。

リチャードはその類稀《まれ》なる容姿で、宮廷《きゅうてい》内の女性たちには「地上に舞《ま》い降《お》りた天使！」と身分の上下問わず人気なのだ。

「なかなかのハンサムだろう？　だが、夫の前で他の男に見惚《みと》れられるのは困るな」

特に今は人目もある。

変に不仲や浮気《うわき》の噂《うわさ》を立てられるのは対外的にもよろしくない。

ただでさえ仮面夫婦なのだ。スキャンダルの芽は早めに駆除《くじょ》しておくべきだろう。

「へ？　見惚れる？」

キョトンとした顔で、目をぱちくりさせるアリシア。

「リチャードの顔をじっと見ていただろう？」

「え、はい。やっぱり兄弟なので陛下と似ているなーって」

「似ている、か？」

ウィルフレッドは怪訝《けげん》そうに弟の顔を見る。

正直、似ても似つかない気がした。

「……似てますかね？」

リチャードも同じ感想だったようで、ウィルフレッドの顔を見つめ眉《まゆ》をひそめる。

彼の背後にいるメイドたちも怪訝そうにしている。

さすがに不敬と思ったのか、隠そうとはしているが。

「似てますよー。目元とか鼻の形とか口の形とかそっくり」

「……いや、全然似ていないだろう？」

改めてウィルフレッドは指摘《してき》された箇所《かしょ》を確認《かくにん》するが、やはりとても似ているとは思えない。

一瞬《いっしゅん》、リチャードに見惚れたことの誤魔化《ごまか》しかとも思ったが、

「ええー？　似てますよ」

アリシアは納得《なっとく》がいかないとばかりに唇を尖らせて主張してくる。

「正直、真逆にしか見えないが？」

動物に例えるなら、自分は血に飢《う》えた凶悪《きょうあく》な狼《おおかみ》で、弟は毛並みのいい可愛らしい愛玩犬《あいがんけん》である。

種族的には近親と言えなくもない。

それぐらいのそっくり度に思える。

「ですね。兄上に同意です」

リチャードも苦笑いとともにそう言う。

メイドたちも彼に同意らしく、おのおの小さくうなずいていた。

だが、アリシアはぶんぶんっと首を振って、

「真逆なのは表情の作り方、ですよ。陛下はこう、いつもムスッとしておられますから」

自らの両目の端《はし》を人差し指で吊《つ》り上げ、口元をキリッと引き締《し》めて言う。

本人的には精一杯怖《せいいっぱいこわ》い顔をしているつもりなのだろうが、小動物が威嚇《いかく》している風にしか見えず、むしろかわいいぐらいなのだが……

周囲からは、ひっと一斉《いっせい》に息を呑《の》む音が聞こえた。

まあ、当然と言えば当然か。

国王相手に、それも暴虐《ぼうぎゃく》武尽の魔王《まおう》とまで恐《おそ》れられている相手に対して、からかいとも取れる不敬行為《こうい》である。

下手すれば一発で首が飛びかねない。

「笑い方だってそうです。こうニィッって怖い感じで」

——のだが、アリシアは止まらない。

口の左端《ひだりはし》を吊り上げて、いかにも凶悪そうな悪ぶった笑みを浮《う》かべる。

もしかしなくても、これまたウィルフレッドの真似《まね》だろう。

目に見えて、リチャードやメイドたちの顔からサーッと血の気が引いていく。

だが、やはり本人だけは全く気付いた風もなく、

「笑う時にこう、口角を上げてほがらかに笑えば、けっこう似た感じになると思いますよ」

自らの唇の両端《りょうたん》を人差し指で押して引き上げ、目を柔らかく細めニコッと笑顔《えがお》を作る。

その笑顔自体は、とても可愛く微笑ましいものではあったのだが……

シーンと、ただ静寂《せいじゃく》が辺りを支配していた。

完全に空気が凍《こお》りついている。

「くっ……くくくっ」

そのギャップに、思わずウィルフレッドの口から笑みがこぼれる。

アリシアは、自分がそんなヤバいことをしでかしたなど欠片《かけら》も気づいていないだろう。

ウィルフレッドだって、一切《いっさい》怒《いか》りなど覚えていない。

なのに周りは惨劇《さんげき》が起きるのではないかと慌《あわ》てふためいている。

その温度差が、なんとも滑稽《こっけい》で面白かったのだ。

「えっ!?　あれ!?　も、もしかしてあたし、またなんか変なこと言っちゃいました？」

今さら気づいたように、アリシアが慌てだす。

そういうところがまた面白い。

「いや、実にいいアドバイスだった。以後、参考にしよう」

笑いを噛み殺しつつ、ウィルフレッドは鷹揚《おうよう》に頷《うなず》く。

途端、

「「「「ふう」」」」

と、周囲の人間が一斉に胸を撫《な》で下ろす。

惨劇が起こらないとわかり、安堵したらしい。

よっぽど自分は、気に入らない人間は即処刑《そくしょけい》する人間と思われているようだ。

まあ、自業自得《じごうじとく》でもあるし、宮廷の空気を引き締めると言う意味では好都合なのだが。

「……随分《ずいぶん》と打ち解けられたようですね」

リチャードが半ば唖然《あぜん》とした様子で訊《き》いてくる。

奇《く》しくも、先程セドリックからも、ほぼ同じ言葉を言われたのを思い出す。

外交的にバロワとの友好は極《きわ》めて大事であり、けっこうなことである。

「全て彼女のおかげだ」

これはお世辞ではなく、ウィルフレッドの本心だった。

初対面の頃《ころ》こそ怯えられたが、腹を割って話してからは、王である自分に臆《おく》することなく、歯に衣《きぬ》着せず物を言ってきてくれる人間などなかなかいない。

正直、とても有難い。

「い、いえ、陛下が寛大《かんだい》でお優しい方だからですよ」

パタパタと手を振りつつ、アリシアが否定してくる。

その言葉は、リチャードにとっても意外だったらしい。

「お優しい、ですか？」

「えっ⁉　あ、えとえと……」

問い返され、アリシアがキョドる。

元々、庶民《しょみん》ということもあって、気後《きおく》れしてしまうのだろう。

ウィルフレッドは落ち着けという意図を込めて、トントンと後ろから軽く肩を叩《たた》く。

多少は効果があったらしく、

「は、はい。へ、陛下はとっても優しい方だと、その、思います」

アリシアはにっこりはにかみながら、たどたどしく返す。

いかにも初々《ういうい》しい新妻といった感である。

彼女が本気でそう思っているのだということが、これでもかと伝わってくる。

ほんのちょっとだけ、居心地《いごこち》が悪い。

「ははは、これはあてられちゃったな。仲睦《むつ》まじいようでなによりです」

一本取られたとでも言う調子で、リチャードが快活な笑みを浮かべる。

ついでウィルフレッドのほうに向き直り、

「改めてご結婚《けっこん》おめでとうございます。いい方に出会われたようですね」

「ああ」

「正直、羨《うらや》ましいです。ボクも伴侶《はんりょ》を迎《むか》えるなら、相性《あいしょう》のいい方がいいんですが……」

「王族の結婚は政略だからな」

「はい。心得ております」

リチャードは殊勝《しゅしょう》に頷く。

ウィルフレッドと違《ちが》い、宮廷の中で育った彼《かれ》である。

王族の義務というものは、よくよく理解しているのだろう。

「そう言えば、勉学にも良く励《はげ》んでいるみたいだな。教師が褒めていたぞ」

「はい、学ぶのは楽しいです」

「それは良いことだ。ならその調子で頑張《がんば》れ。俺《おれ》に何かあれば、王位を継《つ》ぐのはお前なんだからな」

「そんな事を仰《おっしゃ》らないでください。この国にはまだ兄上が必要なのですから」

「必要不必要に関係なく、不測の事態というものは起こるものだ。それに備えておくのも王の心得の一つだ」

「……はい」

リチャードは若干不貞腐《じゃっかんふてくさ》れた顔で項垂《うなだ》れる。

我ながら厳しい事を言っているという自覚はある。

唯一《ゆいいつ》の肉親が死ぬことを考えておけ、というのだから。

それでも――

「王族たる者がそう簡単に表情に出すな。つけ込まれるぞ」

あえてウィルフレッドは追撃《ついげき》する。

これも王族には絶対に必要不可欠なことだからだ。

「っ！　は、はい！」

慌ててリチャードはキリッと表情を引き締める。

まだ硬《かた》く強張《こわば》っており、緊張《きんちょう》が伝わってくる。

年齢を考えれば、この反応は自然でさえあるのだが、

「王弟としての自覚を常に忘れるな」

次代の王候補として、甘《あま》やかすわけにはいかなかった。

まったく王族というのは難儀《なんぎ》なものだと思う。

唯一残された肉親にすら、このように接さねばならないのだから。

「僭越《せんえつ》ながら」

苦笑いとともに口をはさんできたのは、ノイマン公爵《こうしゃく》のアレックスである。

ノイマン家はウインザー王国建国の功臣たる八大公爵の一角とされる名家であり、リチャードの母方の実家でもある。

その縁《えん》からリチャードの後見役を務めている男だった。

「なんだ？　直言は大歓迎《だいかんげい》だ」

ノイマン公爵に視線を向け、ウィルフレッドは言う。

王などという立場だからこそ、ウィルフレッドは注意や反論、指摘を好む。

……のだが、いまいち理解されない部分ではあった。

それで処罰《しょばつ》するつもりなどないのに、勝手に相手が畏縮するのだ。

難儀なものである。

「ではお言葉に甘えまして」

とは言え、その辺は八大公爵家の当主であり、また武人としても国の内外にその名を轟《とどろ》かせている硬骨漢《こうこつ》だった、
ウィルフレッドの目をしっかりと見据《みす》え、まったく怯《ひる》んだ様子もなく口を開く。

「確かにリチャード殿下《でんか》はまだ幼く、陛下から見れば頼《たよ》りなく映るのやもしれませんが、そういう親しみやすさこそが、殿下のいいところかと」

「ほう？」

「そんな殿下だからこそ、我々はお助けしたいと思うのですから。いかに優秀《ゆうしゅう》でも、一人では一〇〇人に勝てませぬ。至らぬ点は我ら臣下が補佐すればよいのです」

その言葉に、リチャードの後ろに控《ひか》えるメイドたちもうんうんと頷いていた。

随分と下の者たちから慕《した》われているらしい。

ウィルフレッドとはえらい違いである。

「ふむ」

一理ある、とウィルフレッドも理解を示す。

確かに、人に好かれ助けたいと思わせる気質も、「王の才」と言えた。

事実、そういう人間が建国した例が世界にはいくつかある。

そして、ウィルフレッドに最も足りないものでもある。

「ならば、お前たちがしっかり支えてやることだ」

それで物事がうまくいくのであれば、結構なことだった。

自分のような急進的な王の治世の間は、多くの不満が噴出《ふんしゅつ》するだろう。

そう言う意味では、次代を担《にな》う者として、このリチャードの資質は、調整役として今後のこの国にとっては必要なのかもしれない。

「はっ！」

恭《うやうや》しくノイマン公爵が頷く。

戦時中に彼と何度か話したことはあり、実直な彼らしい振舞《ふるま》いだと思った。

確かに彼に任せておけば、そう問題はなさそうである。

「では、俺はそろそろ行く。まだ寄らねばならんところもあるのでな」

「はい、お疲《つか》れ様《さま》です」

「お疲れ様です、兄上。義姉《あね》上様、あまり話せませんでしたが、近い内に時間をとってゆっくりお話ししましょう」

リチャードがニコッと柔らかい笑《え》みをアリシアに向ける。

泣いたカラスがもう笑った、とはこの事を言うのだろう。

だがまさにこういうところが、ノイマン公爵の言う親しみやすさ、人に好かれる資質なのかもしれない。

「はい、楽しみにしてますね」

アリシアも微笑んで返す。

そしてリチャードたちと別れ、しばらく歩き周囲に誰《だれ》もいなくなってから、

「はあああああ、なんとも華《はな》やかな弟さんでしたねぇ」

どっと疲れたように、アリシアが大きく溜め息をつく。

まあ、元々、庶民育ちの娘《むすめ》だ。

彼女にとってはまさしく「雲の上の王子様」であり、緊張したのだろう。

「ああ、俺とは違って宮廷の人気者だ」

「みたいですねぇ」

「陰《かげ》では俺よりあいつが王だったら、なんて声も少なくない」

誰だってそりゃそうだろう、と思う。

厳しく苛烈《かれつ》な王より、優《やさ》しく温和な王のほうがいいに決まっている。

「君も、どうせならあいつが王だったほうが良かったんだろうな」

フッとウィルフレッドは自嘲《じちよう》の笑みをこぼす。

自分みたいな冷徹《れいてつ》な人間との仮面夫婦生活より、優しく親しみやすいリチャードとちゃんとした愛を育んだほうが、彼女にとってもきっと幸せだったに違いない。

わりと心底からそう思っていたのだが、

「へ？　いやいやいやいや！　わたしは陛下で全然いいですよ」

アリシアはぶんぶんぶんっと手と首を振《ふ》りまくって否定する。

本気で拒絶《きよぜつ》しているようにも見えるが、さすがに言葉通りには受け取れなかった。

「世辞ならいらんぞ？」

自分が人から好かれないタチなのは、もうよくよく理解している。

こんな冷徹で強面《こわもて》な自分と、いかにも白馬の王子様然としたリチャードだ。

権力込みならともかく、人としてどちらが好ましいかなど比べるまでもない事だった。

「いえ、お世辞とかではなくガチで陛下のほうがいいです」

「ほう？　理由をうかがっても」

「陛下は優しくていいひとですから」

「……またそれか」

やれやれとウィルフレッドは嘆息《たんそく》する。

相変わらず節穴な目だとは思う。

「むぅ、信じてませんね」

「当然だ。リチャードのほうが俺なんかよりよっぽど、優しくていいひと、だろうからな」

唇《くちびる》を尖《とが》らせるアリシアに、ウィルフレッドは肩《かた》をすくめて返す。

それが世間一般《いっぱん》の評価というものだろう。

「そうですかね？」

だが、アリシアは眉をひそめて首を傾《かし》げる。

あまりピンときていないようだった。

「何か引っかかることでもあるのか？」

「えっ⁉　え〜っと……別に何もないですよ」

アリシアが目を泳がせながら、たどたどしく言う。

明らかに何かある感じだった。

嘘《うそ》のつけない娘である。

「構わない。言ってくれ」

「ええっと、でも、わたしの勘違《かんちが》いかもですし」

「あいつはこの国の王位継承者《けいしょうしゃ》だ。今後の為《ため》にも遠慮《えんりょ》のない意見こそ言って欲《ほ》しい」

「……弟さんには内緒《ないしょ》ですよ」

「約束しよう」

うむとウィルフレッドは頷く。

それでやっと覚悟《かくご》もできたのか、アリシアがたどたどしく口を開く。

「では……その、なんというか……言葉を選ばずに言えば、苦労知らずのお坊《ぼっ》ちゃん、って感じがしました」

「くくっ、なかなか辛辣《しんらつ》だな」

ウィルフレッドが口元を押《お》さえ、小さく笑みをこぼす。

王族相手にここまで歯《は》に衣着《きぬき》せぬ物言いが、実に新鮮《しんせん》だったのだ。

「あっ、す、すみません！」

「いや、それでいい。繰《く》り返すが遠慮ない意見が聞きたいのだ。まあ、実際、苦労知らずの坊ちゃん育ちではある」

リチャードは、現ノイマン公爵の妹に当たるグレイス夫人を母に持つ良血だ。

実際、今日のやりとりを見ても、蝶《ちょう》よ花《はな》よと可愛《かわい》がられ育てられたのがよくわかる。

「はい、お母さんが言っていました。苦労が人を育てるんだよ、と」

「ふむ」

なるほど、一理あると思う。

一廉《ひとかど》の人物というものは、だいたい若い頃にかなりの苦労をしているものだ。

「他にどんなことを言っていた？」

「えーっと、『苦労を知らずに育った人は、人の痛みがわからない。なんでも当たり前になりすぎて感謝もなくなる。だから若い内の苦労は買ってでもしな』ですね」

「実に含蓄《がんちく》のある言葉だ。君の母君はなかなかの賢者《けんじゃ》のようだ」

「そうでしょう！　お母さんには色々教えてもらいました！」

ぱあっとアリシアの顔が太陽のようにはなやぐ。

彼女が母親の事が大好きなことが、これでもかと伝わってきた。

なんとも微笑ましく、そして少しだけ羨ましかった。

自分と母親の関係は、決していいものではなかったから。

「あっ、ちなみに陛下からはこれでもかってぐらい苦労してきた人の匂《にお》いがしますよ」

「そうか？　あまり実感はないな」

あまりピンとこなかった。

むしろ自分では苦労知らずなほうとさえ思う。

さすがにリチャードほど至《いた》れり尽《つ》くせりではなかったが、なんだかんだ王族で、衣食住には困らなかった。

今のウインザー王国には、日々食べることさえ困窮《こんきゅう》している者たちも少なくない。

そういう人たちと比べれば、恵《めぐ》まれた生活と言うしかなかった。

「でも、人の痛みがわかるから、割に合わない面倒《めんどう》事を引き受けておられるのでしょう？」

「苦労などせずとも、さすがに今の国民が困窮していることぐらい馬鹿でもわかる」

「そうでもないですよ。王族なんて下々の人たちの暮らしには興味ないものです」

珍《めず》しく冷めた声で、アリシアは言う。

セドリックの調べによれば、彼女は王女とは言え、母親の身分が低く、また正妃《せいひ》から疎《うと》まれもしたため、市井《しせい》で暮らしたという話だ。

庶民の生活を知るからこそ、バロワの王族たちのありように思うところもあるのだろう。

「なるほど、興味がないのか」

妙《みょう》にその単語が、しっくりきた。

実際、彼の兄も、父も、民を顧《かえり》みない王だった。

貴族たちにも、同様の者が少なくない。

自分たちの贅沢《ぜいたく》な生活が、民からの税で成り立っているというのに、だ。

民を虐《しいた》げれば、いずれ自分たちにしっぺ返しが来る。

彼らは決して学がないわけではない。頭が悪いわけでもない。

なのになぜそんな簡単な事すらわからないのかと疑問だったのだが、今ようやっと氷解した。

彼らは民の生活に、そもそも興味がなかったのだ。

だから、馬鹿でもわかることを知らない。知ろうともしない。

実に納得のいく理由だった。

「だから民の暮らしを思う陛下のほうが、リチャード殿下より優しい方だと思います」

「……結局、またそれか」

げんなりとウィルフレッドは嘆息する。

何がなんでも、自分を優しい人間と言うことにしたいらしい。

「ええ、ここだけは譲《ゆず》りません」

アリシアはうんうんと力強く頷く。

会って一日の人間相手に、なぜそこまで自信たっぷりに言い切れるのか、正直、不思議でならない。

「意外としつこいな、君は」

とりあえず半ば呆れ気味《ぎみ》にそう皮肉っておいた。

だが、同時にこうも思った。

誰もが恐れる自分に怯《おび》えず、優しいとまで言ってくる。

実に珍妙《ちんみょう》で……面白《おもしろ》い、と。


「お帰りなさいませ」

執務室に戻《もど》ってきた主を、セドリックは恭しく礼とともに迎え入れる。

すでに隣にはアリシアの姿はない。

おそらく後宮に送り届けたのだろう。

「挨拶《あいさつ》回りは何事もなく済みましたか」

「ああ、問題なかったぞ」

「それはようございました」

思わずセドリックは顔をほころばせる。

彼が相手した時は、もうがちがちに緊張していたのだ。

あれでは他で何か粗相《そそう》をしないか、正直心配だったのだ。

「彼女はなんというか、面白い人だな」

「……面白い、ですか」

意外過ぎる言葉に、セドリックは反応が一瞬《いっしゅん》遅《おく》れる。

彼が女性に対してそういう言葉を用いたのはこれが初めてだったのだ。

「ああ、実に面白い」

「随分な気に入りようですね？」

「そうか？　ふむ、まあ、今まで俺の周りにはいなかったタイプだしな。新鮮ではある」

言って、彼女とのやりとりでも思い出したのか、ウィルフレッドは小さく笑みをこぼす。

確かにウィルフレッドの言う通り、今まで彼の周りにはいなかった類の人間だ。

そもそもとして、ウィルフレッドは能力主義、結果主義である。

さすがに主君の正妃に対して口にはできないが、あんな大事な場面で何度もドジをするような無能な人間が、彼に近づける立場に昇《のぼ》りつめられるはずもない。

物珍《ものめずら》しくはあるだろう。

「しかし現実問題、あのままというわけには行かないでしょう。今後も先程のようなポカをやられては陛下の、ひいては我《わ》が国《くに》の体面にかかわります」

国王の正妻ということは、それすなわち国を代表する女性《ファーストレディ》ということである。

前時代的とセドリックは内心思っているが、妻もろくに教育できないのかと、ウィルフレッドを舐《な》める人間が内外に出てくるだろう。

妻一人御《ぎょ》せない人間に国の舵取《かじと》りなんかできるのか？　と。

そうなれば、国政に色々弊害《へいがい》が出てくる。

改革を成《な》し遂《と》げるためには、国王ウィルフレッドは侮《あなど》られてはいけないのだ。

「まあ、その辺りは場数の問題もあるだろう。淑女《しゅくじょ》教育などほとんど受けていないようだしな」

「それはそれでこちらを舐めた話ですけどね」

セドリックは忌々《いまいま》しげに顔をしかめる。

アリシアがバロワ王の隠《かく》し子であり、市井で育てられたことなどとうの昔に掴《つか》んでいる。

調べによれば、王妃《おうひ》や王女が嫌《いや》がったからだと言う話だが、それがまかり通ったこと自体が、バロワ王国内におけるウインザー王国の扱《あつか》いを端的《たんてき》に表している。

その程度の二流国家と思われているのだ。

それでもこちらが受けざるを得なかったことまで見越《みこ》している。腹立たしい限りである。

「問題ない。災《わざわ》い転じて福となす、だ。俺は野蛮《やばん》で無骨な男だからな。普通《ふつう》のたおやかな王女では反りが合わなかっただろうさ」

「それは……そうかもしれませんが……」

実際、国内でも数多《あまた》の美女淑女がウィルフレッドにお近づきになろうとはしていたのだ。

彼の側室にでもなれば、富や権勢はおもいのままだ、と。

現在のウインザー王国の財政事情を鑑《かんが》みれば、呑気《のんき》としか言いようがないが、そう思っていた者が多かったことは間違《まちが》いない。

だが、彼女たちはものの見事に全員、撃沈《げきちん》した。

ウィルフレッドのあまりにつれない態度に。

セドリックも昔はプレイボーイでならし、多少なりとも女心に心得があったので、彼女たちの気持ちがわからないではなかった。

ウィルフレッドは彼女たちとの間にはっきりと一線を引き、突《つ》き放《はな》しているところがある。

王としての責務をわかっているがゆえに。

常に公平であらんとするために。

だからこそ、誰より『王』に相応《ふさわ》しいのだが、彼女たちには全然気を許してくれない、こちらに関心がないと感じさせたことだろう。

仮にバロワの嫡出《ちゃくしゅつ》の王女たちが輿入《こしい》れしてきていたとしても、おそらくそうなっていたであろう。

そういう意味では、ウィルフレッドの相手が他の誰でもなく、アリシアで良かったのは間違いない。

それはセドリックにもわかってはいるのだが、それとこれとはやはり話が別だった。

ウインザー王国は千年の長い歴史を誇《ほこ》る伝統ある国だ。

そこに誇りも持っている。

それがたかだか建国一〇〇年にも満たない若輩《じゃくはい》国家に見下され、軽い扱いを受けているのだ。

これが業腹《ごうはら》でなくてなんだというのか、という話だった。

「まあ、とりあえず早急《さっきゅう》に淑女教育が必要なのは確かだな。手配しておいてくれ」

もっとも、この質実剛健《しつじつごうけん》なる王には、そのような面子などというものは、取るに足らない些事、心底からどうでもいいことのようだが。

器が大きくて、けっこうなことである。

「すでに手配してあります」

「さすが。毎度のことながら仕事が速いな」

「十分に予測できたことですから。が、ほとんど一からとなると、難航しそうですね」

淑女教育と一言で言っても、教養、作法、所作などなど、学ぶものは極めて多岐《たき》に渡《わた》る。

貴族の子女たちはそれを何年も何年もかけて叩き込《こ》まれるのだ。

一朝一夕《いっちょういっせき》で身につくものではない。

その間、どう式典を凌《しの》ぐか。

考えるだけでも頭が痛いセドリックである。

「それは仕方あるまい。まあ、この二日接した感じでは、頭は決して悪くない。根性《こんじょう》も意外とある。なんとかなるだろう」

「えっ？」

セドリックは完全に意表を突かれた様子で、驚《おどろ》きの声を上げる。

彼の心の中でのアリシアの評価は、「頭が悪く、緊張しぃの、愚鈍《ぐどん》な人物」という辛辣《しんらつ》極《きわ》まりないものだったのだ。

だが、この手のことでウィルフレッドの言うことが外れたことは一度もない。

生まれながらの強者ゆえ弱者の気持ちには鈍感《どんかん》だが、こと能力評価に関しては、正確無比な眼力の持ち主なのである。

「正直、驚きました。随分、彼女の事を高く買ってらっしゃいますね？」

「そうか？　見たまんまを言っているだけなんだが。ああ、しかし、頭の中がお花畑ではあるな。あれでは王宮《ここ》でやっていくのは大変だろうよ」

ウィルフレッドはフッと皮肉げに小さく笑みをこぼす。

お花畑とはまた辛辣な評価である。

だが、その声には嫌悪《けんお》も侮蔑《ぶべつ》もまるでなく、しかもなぜか口元には笑みが浮かんでいた。

まるで自分には手に入れられない何かを、諦《あきら》めた何かを懐《なつ》かしむように。

微笑《ほほえ》ましく見守るように。

(正直まったく期待していなかったのだが、これは案外、仲睦まじい夫婦《ふうふ》になるかもしれないな)

そうなれば、セドリックとしても願ったりかなったりである。

臣下としても、一友人としても、ウィルフレッドの女性への興味のなさを心から案じていたのだ。

とは言え、変に急《せ》かすつもりもない。

こういうものは他人が変に突っつくと、くっつくものもくっつかない事を、色事の達人であるセドリックは熟知している。

とりあえず生暖かく見守るのが臣下の務めというものだった。

『この者たちは、国王の命に反し、不正に税を搾取《さくしゅ》し、民を苦しめた。その罪、許しがたく、よってここに打ち首獄門《ごくもん》の刑《けい》に処す』

ウインザー城の城門には、上記の立札とともに、三つの生首が晒《さら》されていた。

残酷《ざんこく》ではあるが、一種の見せしめであり、同じことをすればこうなるぞ、という他の者たちへの抑止《よくし》効果もある。

ウインザー王国だけでなく、この大陸では一般的《いっぱんてき》な風習である。

「おいおい、またかよ」

「三日に一回は誰か晒されてるよなぁ」

「街も警吏《けいり》たちが頻繁《ひんぱん》に歩き回ってるしなぁ」

「文字通り獲物《えもの》を探してるってか」

「自分の意に反する者には見境なしか」

「おおこわ、俺たちも粛清《しゅくせい》されないようにしねえと」

それを眺《なが》める民衆たちがヒソヒソと噂《うわさ》し合う。

この一年あまり、王都での日常風景であった。

ところ変わって――

「なんて噂を耳にしたんですけど、本当のところどうなんです？」

婚礼《こんれい》を挙げてから、ちょうど一週間目のことである。

執務《しつむ》から寝室《しんしつ》に帰ってくるなり、新妻からのこのド直球な質問に、ウィルフレッドは思わず目を丸くする。

「最近良く思うのだが、君は怖《こわ》がりなようで、実は恐れを知らないな」

「えっ!?　もしかしてやっぱり聞いちゃダメなことでした!?」

「いや、別に聞いてもらっても、俺は全く問題はない」

「あっ、なら良かったです」

アリシアは驚き慌てたかと思えば、ほっと一息つく。

普段《ふだん》、海千山千の古狸《ふるだぬき》どもを相手どっているだけに、これぐらいで一喜《いっき》一憂《いちゆう》する姿に、ウィルフレッドは微笑ましさを覚えずにはいられない。

とは言え、危険極まりない行為なことも確かだった。

「ただ……自分の悪い噂に機嫌《きげん》を悪くする王は多い。噂した人間をまとめて皆殺《みなごろ》しなんて事もよくある話だ」

あまり脅《おど》かすのは本意ではないが、注意喚起《かんき》ぐらいはしておくべきだろう。

実際、歴史を紐解《ひもと》けば、この手の事例には事欠かない。

彼女のしたことは一歩間違えれば、人の首が物理的に飛びかねないことではあったのだ。

「ああ、らしいですねー」

しかし、ウィルフレッドの予想に反して、アリシアは特に怯えた様子もなく、まるで他人事のようである。

ますますウィルフレッドは心配になる。

「いや、だから、そんなことを安易に訊くのは危ないぞ、と」

「え？　でも陛下はそういうことしませんよね？」

「………………」

あっけらかんと言われ、ウィルフレッドは一瞬《いっしゅん》、反応に困る。

当意即妙《とういそくみょう》なウィルフレッドにはまずないことなのだが、彼女と話していると、しばしばこういうことがあったりする。

まだ出会って一週間だというのに、だ。

「……君は、ちょっと簡単に人を信用しすぎなんじゃないか？」

とりあえず思いついた心配を口にする。

最初はあんなに怯えていたというのに、この一週間ですっかり打ち解けリラックスしているように思う。

それ自体はウィルフレッドにとってはとてもありがたいのだが、少々警戒心《けいかいしん》が足りず、ノーテンキすぎるのではないかとも思う。

こんな調子で魑魅魍魎《ちみもうりょう》はびこる王宮内でやっていけるのだろうか。

小狡《こずる》い連中に騙《だま》され、ひどい目に遭《あ》わないだろうか。

いいように使われないだろうか。

その光景がありありと目に浮《う》かぶのである。

だが――

「えー、ちゃんとその人を見て、信用するかどうか決めてますよ、わたし。これでも人を見る目にはけっこう自信あるんです」

当の本人は、ウィルフレッドの心配など露知《つゆし》らず、自信満々に言う。

ますます不安を覚えずにはいられない。

「その目は節穴だ」

きっぱりと断言する。

こういうのはきっぱりはっきり告げておくべきだろう。

それが本人の為である。

「ふしっ⁉ さすがに酷《ひど》くないですか⁉ まだ出会って一週間の陛下になんでそんなことがわかるんですか⁉」

「俺をいいひとだとか言っているからだ。俺は断じてそんな人間ではない」

ウィルフレッドの手は、すでに数多の血で汚《よご》れている。

直接でも数百人、命令を下したという間接的なものまで含《ふく》めれば万単位だ。

そしてその事を悔《く》いてすらいない。

必要だからやった。それだけでしかない。

そんな罪深く冷徹な自分がいい人だなどあるわけがないのである。

「まだそれを言いますか。陛下はいいひとです！」

「だからそれが節穴だと言っている。君の言葉を借りれば、出会って一週間の君に、なんでそんなことがわかる？」

「それぐらい一週間もあればわかります！　というか初日でわかりましたし！」

わずかの逡巡《しゅんじゅん》もなく、鼻息荒《あら》く言い切ってくるアリシア。

この自信はいったいどこからくるのだろうか？

「君はもう少し人を疑ったほうがいい。君はもうこの国の正妃だ。下心を隠しいいひとの仮面を被《かぶ》ってすり寄ってくる輩《やから》など、これからごまんと出てくるはずだ。一日や二日で他人を信用してはいけない」

問題が起きれば、それは彼女一人の問題では済まない。

正妃という立場は、多くの人間を好むと好まざるとにかかわらず巻き込む。

そうなってからでは遅《おそ》いのだ。

「さすがにそんなの信用しませんよ」

「いや実際、一日で俺を信用していたじゃないか」

「だって陛下に下心はないじゃないですか。最初に全部包《つつ》み隠さず教えてくれましたし」

「それ自体が嘘だと言う可能性もあるだろう？」

「嘘をつくならもっとマシな嘘をつくでしょう？　新婚《しんこん》初夜にあんなこといきなり言われ

たら、普通の奥《おく》さんならまず怒《おこ》りますよ？」

「むぅ……」

再度反論に詰《つ》まるウィルフレッドである。

あの時の事に関しては、確かに彼女の言う通りだと認めざるを得ない。

セドリックに話した時も、唖然《あぜん》とされてしまったものだ。「いきなり初日から何を仰っているんですか⁉」と。

ウィルフレッドとしては、こういうことは後で話すより、先に話しておいたほうが問題が変にこじれないと思うのだが、世間の考えはどうやら違うらしい。

「ふふっ、ね？　けっこうほら、人をきちんと見ているでしょう？」

腰《こし》に両手を当て、大きく胸を張り、アリシアは勝ち誇ったようにふふんと鼻を鳴らす。

「……そのようだな」

渋々《しぶしぶ》ながらも、ウィルフレッドは同意を示す。

彼女の言うことは、少々、いやかなり、お花畑がすぎるし、認識《にんしき》が甘い。

この万魔殿《ばんまでん》のごとき王宮では絶対に通用しない。食い物にされるだけだ。それは間違いないのだ。

なのになぜか反論に窮《きゅう》してしまうのはいつもウィルフレッドのほうなのである。

わけがわからない。

「というわけで、そんな人を見る目があるわたしが断言します。陛下はいいひとです」

そう言って、新妻は嬉《うれ》しそうに、楽し気に、ふんわりと微笑んだ。


その数日後、ウィルフレッドが寝室で家臣からの意見書を読んでいた時である。

何やら楽し気な鼻歌とともに、いい匂いが漂《ただよ》ってくる。

いったいなんだと振り返ると、アリシアが鍋《なべ》を抱《かか》えて部屋に入ってくるところだった。

「なんだ、それは？」

「え？　ああ、ポトフです。宮廷《きゅうてい》のお料理って美味《おい》しいんですけど、あたしにはちょっと豪勢《ごうせい》すぎて、なんか舌に馴染《なじ》んだものが食べたくなっちゃいまして」

ウィルフレッドが問うと、アリシアはぺろっと悪戯《いたずら》っぽく舌を出して答える。

ポトフはウィルフレッドも知っている。

ウインザー王国ではごくごく一般的な庶民《しょみん》料理の一つであるし、ウィルフレッドも戦場では度々《たびたび》食したものだ。

作り手によって随分《ずいぶん》と味が変わるが、だいたい美味《うま》かった記憶《きおく》もある。

「こんな夜中に、まだ料理人が残っていたのか」

「え？　これはわたしが作ったんですよ。後宮の台所をお借りして。埃被《ほこりかぶ》ってたから掃除《そうじ》大変でしたけど」

「ああ、まあ、俺《おれ》の代になってから誰も使ってなかったからな」

地味に後宮というものは、維持費《いじひ》に莫大《ばくだい》な金がかかる。

平均して毎年、その年の税収の一〇％～一五％程度。

好きものの王の時には二〇％を超《こ》える時もあると聞く。

貴族にとって子孫を残すことが大事とは言え、いくら何でも使いすぎである。

ただでさえ今は、国家財政が火の車なのだ。

それだけの資金があるのならば、もっと別のところに回すことにしたのである。

「しかし、君は料理ができるのか」

ウィルフレッドの知る女性というのは、だいたいが宮仕えの者たちで、そういう者たちは料理などというものは、下女がやるもの、という認識だった。

変な意図はなく、ただそれだけだったのだが、

「ちょっ、それわたしを馬鹿にしてます？　これでも、お母さんには家事はみっちり仕込《しこ》まれてるんですから。このポトフなんかお母さん直伝でめちゃうまなんですからね！」

「ほう？」

先程《さきほど》から匂いに刺激《しげき》されたこともあり、若干《じゃっかん》小腹も空いてきていたところである。

めちゃうまとまで言われると、俄然《がぜん》興味が湧《わ》いた。

「では、ご相伴《しょうばん》にあずからせてもらっていいだろうか？」

「ええ、どうぞどうぞ。食事なんてものは誰かと一緒《いっしょ》に食べたほうが美味しいですしね」

言って、アリシアはすでに部屋に持ち込んできていた小皿によそって差し出してくる。

基本、王たるものは、毒見を済ませたものしか食せないのだが、これはアリシアが自分の為に作った料理である。

毒など入れようはずもない。

ウィルフレッドも安心してそれを受け取りまずスープをすすり――

「っ⁉」

口の中に衝撃《しょうげき》が疾る。

繰り返すが、ウィルフレッドもポトフは食べたことはある。

だが、そのどれよりも突き抜《ぬ》けて美味かったのだ。

言ってしまえばポトフとは、ぶつ切りにした野菜や肉を放《ほう》り込んで煮込《にこ》んだだけの野卑《やひ》な料理でもある。

特に戦場だとその色合いが濃《こ》い。

だが、アリシアの作ったそれは、いくつかの調味料と素材から漏《も》れ出た出汁《だし》が複雑に、しかし絶妙《ぜつみよう》なハーモニーを奏《かな》でていた。

「美味い」

「でしょう？　お母さんのレシピは最強なのです」

アリシアは「どーだ！」とばかりに自慢気《じまんげ》に胸を反らしてふふんっと鼻を鳴らす。

だが、この味なら納得《なつとく》である。

そして、あくまで自分ではなく、母の手柄《てがら》だというあたりが、素直《すなお》な彼女らしいと思った。

「具材にも味がいい感じに染《し》みてるな」

「火を止めてから二〇分ほど放置するのがコツなのです」

「なるほど、だからか」

熱すぎず冷たすぎない、食べやすい丁度いい温度なのだ。

そしてジャガイモのほくほく具合が特に絶品だった。

パクパクパクパクとウィルフレッドは一気にポトフを平らげ、

「ごちそうさま。本当に美味しかった」

「ふふっ、お粗末様《そまつさま》でした」

「正直、宮廷で出されるスープもあれはあれでうまいが、毎日となると、俺はこっちがいいな」

世辞抜きで、そう思った。

色々な調味料を入れ味を複雑にすれば美味しくなるが、それは「よそ行きの味」になる。

よそ行きの味は、美味しいが、毎日は食べたくならない。

なんというか、飽《あ》きるのだ。

だが、このポトフは、複雑な味わいながらも、毎日でも食べたくなるような穏《おだ》やかで素《そ》朴《ぼく》な優しい味わいとなっている。

それが凄《すご》いところだと思う。

「こんなのでよければ、いつでもお作りしますよ」

「ほう、ならお願いしようか。これなら冷めても美味そうだしな。夜食に丁度いい」

「ああ、そういえば陛下、毎日、夜遅《よるおそ》くまでお仕事してらっしゃいますものね」

「俺としては君といる間ぐらいは休みたいのが本音なんだがな」

ウィルフレッドは苦笑いとともに、ポンポンっと机に積まれた書簡の山を叩《たた》く。

とりあえず今日やらねばならない分である。

それを見て、アリシアも同情する顔になる。

「お疲《つか》れ様《さま》です。ですが、あまり根詰めすぎるとお体を壊《こわ》しますよ」

「そうでもしないと溜《た》まっていく一方なんだ。サボれるものなら俺もサボりたい」

「あの、どなたかに任せることはできないのですか？」

「官吏《かんり》にあまり使える奴《やつ》がいなくてな」

現在、宮廷に出仕している官吏の大半は、爵位《しゃくい》貴族の次男三男ばかりである。

それも能力で選ばれたのではなく、完全な縁故《えんこ》採用だ。

はっきり言って、みんな使えない奴ばかりなのである。

そしてセドリックをはじめ、優秀《ゆうしゅう》なやつにはすでに目いっぱい仕事を回しているが、仕事量に対してあまりに人材が足りない。

「現在はちゃんとした試験制度を作り、優秀な新人を採用し始めているが、それでもそいつらが一人前になって仕事を任せられるようになるまでもう少しかかるだろう。後一年はこの調子だな」

それまでの辛抱《しんぼう》だ、とウィルフレッドは肩《かた》をすくめる。

まあ、改革の大鉈《おおなた》を振《ふ》るったのだ。

こうなることは織《お》り込み済みである。

が、アリシアの感想は違《ちが》ったらしい。

「一年⁉　そんなに長くこんな調子でお仕事されてたら、絶対お体を悪くしますよ！」

「そうは言っても、俺がやらねば、全てが滞《とどこお》る。時間は待ってくれん」

「では、陛下がお倒《たお》れになったらどうするんです？」

「むっ」

これは痛いところを突かれた、とウィルフレッドは言葉に詰まる。

誰《だれ》か一人に依存《いそん》するシステムというのは、極《きわ》めて危険であることは、彼《かれ》も重々承知しているところだった。

「陛下がお強いことも、優秀なことも存じております。が、それでも人間です。どこかにきっと限界はあります」

「……ふむ」

少しだけ驚いたように、ウィルフレッドは目を瞠《みは》る。

いつもいつも周りからは化け物扱い、超人扱《ちょうじんあつか》いされてきただけに、人間扱いされたことに軽く違和感《いわかん》があったのだ。

だが、彼女の言う通りである。

ウィルフレッドも人間であることに変わりはなく、限界はあるのだ。

「お母さんも言っていました。働きづめより、時々休みを入れたほうが結局、効率はいいんだって。毎日はむしろ効率を落としてしまうって」

「確かにな」

働きづめの兵は弱い。

適度に休息を取らせねば、いざという時に力を発揮してくれない。

戦場で、身をもって痛感していたことである。

それでも、ついついやらねばならないことの山に急かされて、四の五の言わずやるしかないと思《おも》い込んでいた。

（ねばならない、しかない、はまず最初に疑うべき。そう、わかっていたのだがな）

そんなことにも気づけずにいたあたり、やはり少々根詰めすぎて視野が狭《せば》まっていたと言うべきだろう。

「はい。せめて一週間に一日ぐらいは、お休みを取ったほうがいいと思います」

「そうだな。そうしよう。差し当たっては今夜から休むとするか」

ウィルフレッドは椅子《いす》の背もたれに身体を預け、ふうっと息を吐《は》く。

途端《とたん》、ずしっと身体が鉛《なまり》のように重くなる。

今さらながらに、気づく。

どうやら相当自分は無理をして、疲労《ひろう》が溜まっていたらしい、と。

(危なかったな)

今のウインザー王国の安定は、ウィルフレッドの力と恐怖《きょうふ》によって、なんとか抑《おさ》えられている、そんな薄氷《はくひょう》の上にある状態だ。

そのウィルフレッドが万が一にも倒れようものなら、誇張抜《こちょうぬ》きで国が乱れかねない。

そうなったらこれまでの努力も水の泡《あわ》、本末転倒《ほんまつてんとう》もいいところである。

「あふ」

ウィルフレッドの口から小さなあくびが漏れる。

先程の食事でいい感じに満腹になったのと、身体が温まったからだろうか、猛烈《もうれつ》な眠気《ねむけ》が催《もよお》してくる。

蓄積《ちくせき》した疲労もあってか、さすがのウィルフレッドも抗《あらが》うことができなかった。

「えっ⁉　へ、陛下⁉」

アリシアは思わず焦《あせ》った声をあげる。

まさか一瞬で寝落《ねお》ちしてしまうとは思わなかった。

よほど疲れていたのだろう。

「でもさすがに体に悪いわよね」

まだ夜は肌寒《はださむ》い季節だ。

椅子で寝《ね》たら風邪《かぜ》を引いてしまうし、なにより疲れも取れない。

何かの拍子《ひょうし》に椅子から転げ落ちて怪我《けが》をする危険性もある。

「ううっ、でも起こすには忍《しの》びないしなぁ」

一度寝て起きてしまうと、眠《ねむ》れなくなったりすることもある。

お疲れモードのウィルフレッドには、万が一にもそういう状態になってほしくはなかった。

このまま明日の朝までぐっすりこんと眠ってもらうのが望ましいところである。

「よし！」

意を決して、アリシアはパタパタと寝台《しんだい》のほうへ行き、掛《か》け布団《ぶとん》をめくりあげてから戻ってくる。

そして寝ているウィルフレッドの脇《わき》にそおっと腕《うで》を挟《はさ》み、

「起きないでくださいね……んんしょっと！」

肩を貸す要領で、ぐぐっと持ち上げようと試みる。

(わわっ、おっも⁉)

予想外の重さにびっくりする。

脱力《だつりょく》した人間の身体は体感では倍重いのである。

さらに言えば、元々ウィルフレッドの身体は筋肉質であり、見た目よりよっぽど重いのだ。

「〜〜っ！　頑張《がんば》れあたし！」

アリシアとて庶民生活で水の入った重い樽《たる》などを運んでいた身である。

自らを鼓舞《こぶ》し、アリシアはなんとかウィルフレッドの身体を持ち上げ、一歩また一歩、ベッドへと向かう。

ひたすら重かったが、なんとか耐《た》えつつベッドのそばまで来る。

「後は寝かせ……わわっ⁉」

ウィルフレッドの身体を降ろそうとしたところで、その重さを腕だけでは支えきれず、自らの身体まで持っていかれる。

(くっ、でも陛下を起こすわけには！　ぐうっ！)

咄嗟《とっさ》に自らの身体をクッションにして、ウィルフレッドの衝撃を減らす。

代わりにベッドとウィルフレッドに挟まれたアリシアは、胸が圧迫《あっぱく》されけっこう息が詰

まったが、

（いたたた、陛下は……ふ〜、眠ったままね）

その甲斐《かい》はあったようだった。

「んっしょ、んっしょ」

アリシアはゆっくりと横に回転して、ウィルフレッドと上下を入れ替《か》え、布団《ふとん》に寝かせる。

さあ、後は彼に布団をかけてお役御免《ごめん》というところで、

「んん」

「ひあっ⁉」

ギュッと抱《だ》き枕《まくら》よろしく、ウィルフレッドに抱き締《し》められる。

「へ、陛下？」

自らの胸に顔をうずめるウィルフレッドに声をかけるも、スースーとすこやかな寝息《ねいき》が聞こえてくる。

（やっぱり疲れてるのよね）

観念して、アリシアは布団を手で手繰《たぐ》り寄せてウィルフレッドにかぶせる。

起こすのも忍びないので、放してくれるまで気長に待つつもりだったのだが……

気が付けば彼女もそのまま眠りに落ちていた。

……

…………

（っ⁉　ど、どういう状況《じょうきょう》だ、これは⁉）

ウィルフレッドは状況が掴めずにいた。

目が覚めるや、自分はアリシアの胸の中に顔をうずめている状況だった。

慌《あわ》てて離《はな》れようとするも、頭を抱き締められている。

それでもこの状況はさすがにまずい。

アリシアの腕を掴み、緩《ゆる》めてなんとか顔を抜け出させる。

「ふうっ」

一息つき、状況を整理する。

昨夜、アリシアと話し終わったあたりから記憶がない。

どうやらそのまま寝落ちしてしまったといったところか。

布団を敷《し》いてあるところからして、アリシアが気を利《き》かせてくれたのだろう。

とりあえず、二人とも服を着ているところからして、そういうことはなかったとみていいだろう。

「しかし……相当疲れていたらしいな、俺は……」

我《わ》が事ながら、唖然としてしまう。

他人に抱き締められているのに目が覚めないなど、あってはならぬことである。

相手が自分に害意がある者だったなら、いったいどうなっていたか。

……そこまで考えて、

「うふふ～、もも～、もも～、おいしい～♪」

なんともかわいらしい寝言《ねごと》に苦笑いを禁じえなかった。

この邪気《じゃき》のなさに、自分は無意識に緊張《きんちょう》を解いたのかもしれない。

久しぶりに熟睡《じゅくすい》できたからか、身体も軽い。

「つくづく不思議な娘《こ》だ」

そのにへら～っと幸せそうな寝顔《ねがお》を、ウィルフレッドは飽きもせずにずっと鑑賞《かんしょう》し続けていた。

ACT 3

Kokou no Ou to
Hidamari no Hanayome ga
Saikou no Fufu ni narumade

「解せん」

その日、セドリックが執務《しつむ》室《しつ》を訪《おとず》れると、ウィルフレッドが腕を組み、難しい顔で思い悩《なや》んでいた。

セドリックは思わず気持ちを引き締める。

ウィルフレッドの『勘《かん》』は、圧倒的《あっとうてき》精度を誇る。

そのおかげで危機を脱《だつ》したことは、それこそ両手でも足りない。

彼が違和感を感じた時、そこには絶対何かがあるのだ。

「ん？　セドリックか」

今更《いまさら》気がついたように、ウィルフレッドが言う。

これまた異常である。

国内最強の戦士でもあるウィルフレッドが、まさかここまで他人の接近に気づかないなどかつてなかったことである。

もちろん、殺気を帯びていればたちどころに気づいたのであろうが、それでもあまりにありえないことだった。

「陛下、何をそこまで思い詰めておいでで？　私では力不足やも知れませんが、お聞かせ願いたく思います」

「うむ、そうだな。ぜひお前の意見を聞きたい」

「はっ」

キビキビと答えつつも、セドリックは内心、珍《めずら》しいこともあるものだ、と驚きを覚えていた。

ウィルフレッドは英邁《えいまい》なる君主である。

誰かを使うことはあっても、頼《たよ》ることは決してない。

その彼が人を頼るなど、いったいどんな難問なのか。

セドリックは緊張にゴクリと喉《のど》を鳴らし、

「なぜかいつも妻に言い負かされるんだ」

「…………はい？」

真剣《しんけん》そのものなウィルフレッドの言葉に、セドリックは思わず目が点になる。

いったいこの人は何を言っているんだろうか？

いや、言っている意味自体はわかる。

だが、脳が意味を理解することを拒絶《きょぜつ》するのだ。

「いや、だから妻に口で勝てないんだ」

「はあ……」

やはり空耳ではなかったらしい。

できれば、空耳であってほしかった。

いったい自分は何を聞かされているのだろうか？

未《いま》だに状況がよくわからないセドリックである。

もしかしてこれが世に聞くただの惚気《のろけ》というやつであろうか？

いやいやいやいや！

話しているのはあの『暴虐武尽《ぼうぎゃくぶじん》の魔王《まおう》』である。

そんなしょうもないことを相談してくるはずがない！

もっと深遠な意味があるに違いないのだ。

「俺はこれでも、けっこう弁が立つほうだと自負している」

「そうですね。その通りだと思います」

セドリックも心から同意する。

けっこうどころではない。

歴戦の将軍、爵位貴族、高級官僚《かんりょう》、軒並《のきな》みあっさり彼らの言い分を論破し、自らの論を押《お》し通す。

その鮮《あざ》やかなる手腕《しゅわん》は、傍《そば》で見ていても惚《ほ》れ惚《ぼ》れするほどである。

「だというのに、この一週間、いつも彼女《かのじょ》には言いくるめられてしまうのだ。彼女の言っていることはおままごとの類としか思えないのに、だ。摩訶不思議《まかふしぎ》だとは思わないか？」

「確かに。陛下が論戦で連戦連敗というのがそもそもにわかには信じられません」

「うむ、俺もだ。まったくわけがわからない。まるで妖《あやか》しの術でも使っているとしか思えんほどだ」

「そこまでですか……」

ぞっと戦慄《せんりつ》にセドリックはその背筋を震《ふる》わせる。

そこまで頭も口もよく回るとは、これは評価を大きく改めねばならない。

そこから考えると、セレモニーの時や初対面の挨拶《あいさつ》の時のドジも、わざとだったのかもしれない。

（なるほど。失態を演じて見せることで、相手に親しみを覚えさせ、懐《ふところ》に潜《もぐ》り込《こ》む。そういう算段か）

実際、セドリックはまんまとその策にハマっていた。

さすがに緊張感を保てず、あの後は終始どこか和《なご》やかな空気での会話になった。

内心でどこか見下し、そして警戒を解いていた。

取るに足らない存在だ、と。

しかし、現実にはたった数日で、この偏屈《へんくつ》で気難しいウィルフレッドからも、けっこうな親しみを覚えられている。

接した官僚たちの評価も概《おおむ》ね「気さくでとても話しやすい方だ」と上々である。

ただの無能であるはずがないのだ。

（これらをすべて計算でやっていたとしたら……私たちはとんでもない女狐《めぎつね》を宮廷に呼び込んでしまったのかもしれない）

古来、美女が王を惑《まど》わし、国を大きく傾《かたむ》けた例は枚挙に暇《いとま》がない。

まさかウィルフレッドが女に溺《おぼ》れるとは万が一にもありえないとは思うのだが、女に狂《くる》うまでは稀《き》代《たい》の名君だった、なんて話も多いのだ。

もう一切《いっさい》侮《あなど》らない。

今後、彼女の動向には常に気を払《はら》っておくべきだろう。

警戒に警戒を重ねておいて、まず損はない。

もちろん、すべてセドリックの壮大《そうだい》な勘違《かんちが》いであることは言うまでもない。


「そういえば、また、城門に生首が晒《さら》されていたそうですわよ」

「今度はだれ？」

「それがあのアラン殿《どの》ですって」

「アラン殿⁉ あの御用《ごよう》商人の⁉」

「ええ、いつも温和な笑《え》みを浮かべて優《やさ》しくて……冤罪《えんざい》ではありませんの？」

「そうね、案外イケメンだったから、かもしれませんわよ」

「ああ、あの王は左目が……」

日がな一日、自室にこもっていても気が滅入《めい》る。

元々、アウトドア派なことも手伝って、宮殿内《きゅうでんない》のいろいろな場所を散歩するのがアリシアの最近の日課になっていた。

当然、そんなことをしていると、冒頭《ぼうとう》のような噂話《うわさばなし》も聞こえてくるわけで。

「ひ、妃殿下《ひでんか》⁉」

「こ、これはその……っ」

「ん？　どうしたんですか？」

キョトンと知らないふりをして、アリシアは小首を傾《かし》げる。

ちょっとわざとらしすぎたかもしれない。

でも腹芸なんて出来るたちでもないので、これぐらいで勘弁《かんべん》してほしかった。

「き、聞いておられなかったならいいのです」

「妃殿下のお耳にいれることではございませんから」

「あ、それでは私たちはこれで」

そそくさと女官たちが足早に去っていく。

ウィルフレッドが恐《おそ》れられている関係で、どうやら自分も恐れられている節がある。

下手に告げ口でもされようものなら怖《こわ》いだろうし、仕方ないと言えば仕方ない。

「んー、でもほんと、陛下って人気最悪よね」

あんなに一生懸命《いっしょうけんめい》に国の為《ため》に尽《つ》くしていると言うのに、本当に報《むく》われない。

今回の女官たちの話など、ただただ違和感しかない。

「あああっ！」

突如《とつじょ》、天啓《てんけい》が降ってきて、アリシアが奇声《きせい》を張り上げる。

先日、いいひと論争で話が脱線《だっせん》してしまったせいで、肝心要《かんじんかなめ》の噂《うわさ》の真相を聞くのを忘れていたことを、今更ながらに思い出したのである。

「どうなされました、妃殿下⁉」

お付きの女官たちが慌てて駆《か》け寄ってくる。

「あ、な、なんでもないの。虫がいてびっくりしてしまって」

ちょうど庭園を散歩中だったので、それらしいことを言って適当に誤魔化《ごまか》す。

彼女たちはバロワ王国からあてがわれた者たちで、アリシアの監視役《かんしやく》である。

自分の言葉はそのままバロワ王国に伝わる。

どんなことでも、なるべく情報は与《あた》えたくなかった。

「そうですか。しかし、正妃《せいひ》たる者がそう軽々しく奇声をあげてはなりません。バロワの恥《はじ》となりますゆえ」

「はい。すみませんでした」

とりあえず表面だけは殊勝《しゅしょう》に頭を下げておく。

心の中ではあっかんべーをしていたりするが。

「今は陛下との仲も宜《よろ》しいようですが、そんな調子ではいずれ愛想《あいそ》を尽かされますよ。そうならないためにも精進《しょうじん》なさってくださいね。家族の為にも」

「……言われなくてもわかってます」

女官の釘《くぎ》刺しに、アリシアはグッと唇《くちびる》を噛《か》み締めつつ頷《うなず》く。

事あるごとに、家族を引き合いに出してくる。

本当に嫌《いや》な人たちだと思う。

アリシアはこれまで人並みにバロワへの愛国心を持ち合わせていたつもりだが、最近はもう急降下一直線である。

（ほんと……人の噂って当てにならないものね）

バロワ王（もう父とも呼びたくない）は、バロワ国内では、家族思いの優しい王だと結構親しまれ、評判が良かった。

だが実際は、実の娘相手に家族を人質《ひとじち》に脅迫《きょうはく》してくる卑劣《ひれつ》漢である。

国民のために頑張ってるアピールは盛《さか》んにしているが、実際に民の暮らしがこの五年で良くなったかと言えば、そうでもない。

一方、ウィルフレッドの評判は国内外で最悪である。

いくら敵国とは言え、数万人を容赦《ようしゃ》なく焼き払い、実兄《じっけい》を殺して王位を簒奪《さんだつ》し、王位に就《つ》いた後も家臣を次々と粛清《しゅくせい》する凶王《きょうおう》だと畏怖《いふ》されている。

だが実態は、ちょっと不器用なだけで、とても誠実で優しい人だった。

（なにより仕事熱心よね）

仲睦《むつ》まじさアピールのために、一応同じ寝室《しんしつ》で寝起《ねお》きしているのだが、だいたい仕事から帰ってきても、ほとんどの時間、延々と書簡に目を通している。

聞けば中央の人間のみならず地方官吏に至るまで意見書を募《つの》り、その全てに目を通しているのだとか。

『仕事熱心？　むしろこれは将来サボるための投資だ。隠《かく》れた賢人《けんじん》を見つければ、仕事を任せて楽ができるからな』

と、本人はうそぶくが、そもそも直近では仕事量を大幅《おおはば》に自ら増やしているし、半端《はんぱ》な人間に仕事は任せられないという強い責任感の表れでもある。

普通《ふつう》は自分が楽をするために、もっと適当に妥協すると思うのだ。

だからこそ、思うのだ。

その絶え間ない粛清にも、何か理由があるのではないか、と。

自分の意に反するから殺す。

そんな人間にはどうしても見えないのである。

「これはやはり聞くしかないわね」

うむっとアリシアは思いを新たにする。

心がもやもやした状態では、どうにもおさまりが悪い。

とりあえず今夜にでもまた聞いてみるか。

そう思っていたその時だった。

「ん、アリシアか。君も散歩か。奇遇《きぐう》だな」

不意に背後からちょうど件の人物の声がした。


その小さな四阿《あずまや》からは、先程の庭園が一望できる。

テーブルや、自分の前に置かれたティーカップもいかにも高級そうで、庶民育ちのアリシアには、やはり壊したらどうしよう！　と落ち着かない。

このティーカップ一つで多分、実家の家族が数ヶ月ぐらいは過ごせそうである（ちなみに実際は余裕《よゆう》で五年は暮らせる額である）。

怖くてとても触《ふ》れる事さえできず、

「あ、あの、そういえば、お仕事大丈夫《だいじょうぶ》なんですか？」

とりあえず、おずおずとアリシアは尋《たず》ねる。

ウィルフレッドが極めて多忙《たぼう》な人間であることはこの数日だけでもよくわかっている。

話があるとアリシアのほうから切り出したのだが、今さらながらに自分などに時間を使ってもらうのが申し訳なくなってきた。

「問題ない。働きっぱなしより、休憩《きゅうけい》を入れたほうが仕事の効率はむしろ上がる」

「では、なおさらわたしなどの相手をするより休まれたほうが……」

「君との会話はいいストレス発散になる。君はエキセントリックだからな。話していて楽しい」

「そ、そうですか……」

少し顔を引き攣《つ》らせながら、アリシアは愛想《あいそ》笑《わら》いする。

エキセントリック……つまり頭がおかしいということだろうか？

彼としてはむしろ褒《ほ》めてくれているであろうことはわかるのだが、珍獣扱《ちんじゅうあつか》いされているようで褒められている気がまるでしない。

「まあ、陛下の息抜《いきぬ》きになっているのなら」

とりあえず、そう自分を納得させることにする。

それでもまだちょっと申し訳なさは残ってしまうが。

「だからなると言っている。で、話とはなんだ？」

「あの、お聞きしたいことがあって……」

「ほう？　答えられることは答えよう」

なんでも答えよう、と安請《やすう》け合いしないあたりが不器用で、この人らしいと思う。

そして、誰に対してもこの人はそうなのだろう。

国王という重責を、独りで抱《かか》え込んでいる。

それはとても大変で、とても寂《さび》しいと思った。

自分ごときには何もしてあげられないけども……

「では……ほら、以前、宮廷《きゆうてい》内の噂のこと訊《き》いたじゃないですか？」

「以前？　俺《おれ》の評判がどうの、というやつか？」

「はい。なんかいいひと論争でうやむやになってしまって結局、真相をお聞きできなかったな、と」

「ああ、そういえばそうだったか」

ウィルフレッドも思い出したように頷く。

「はい、すっかり忘れてたんですけど、思い出すと気になってしまって……本当のところはどうなんです？」

「噂のいちいちまで確認《かくにん》してはいないが、俺が粛清しまくっているという奴なら、単なる事実だ」

実に淡々《たんたん》とウィルフレッドは言う。

「はい、それは……存じております」

アリシアはきゅっと唇を引き締め、硬《かた》い表情で小さく頷く。

それは出会った時の雰囲気《ふんいき》からもよくよく思い知っている。

ウィルフレッドは決して優しいだけの男ではない。

必要とあらば、眉《まゆ》一つ動かすことなく人を殺せる。

そういう冷徹《れいてつ》な怖さも持ち合わせている男だ。

「ほう、最近の君を見ていると少々不安だったが、とりあえずそこは認識《にんしき》してくれていてほっとした」

「むぅ、馬鹿にしないでください！　それぐらいわたしだって聞き知っております！」

苦笑いとともに肩をすくめるウィルフレッドに、アリシアは唇を尖《とが》らせて不満げに声をあげる。

どうも夫からは、物凄《ものすご》い世間知らずの馬鹿と思われている節がある。

……否定できないのが悔《くや》しいが。

「ふむ。では、何が問題なんだ？」

「評判ですよ、評判！　なんで陛下が悪者になってるんですか⁉」

「は？」

アリシアの返答に、キョトンとするウィルフレッド。

他人から悪く思われたくない、言われたくない。

人間としてごく当たり前の心理なのだが、彼にはよくわからないらしい。

小首を傾げ少し考えてから口を開く。

「粛清などすれば、周囲から恐れられ、嫌《きら》われ、陰口《かげぐち》を叩かれる。至極《しごく》当然の事だと思うが？」

その言葉には、感情の揺《ゆ》らぎがまったくない。

本当に彼にとってはどうでもいい些事《さじ》なのだろう。

それがアリシアには悲しく、そしてムカムカしてくる。

「それは罪もない人たちを粛清した時でしょう⁉」

バンッと机に手を突《つ》き、アリシアは立ち上がりざま叫《さけ》ぶ。

その剣幕《けんまく》に、ウィルフレッドが驚《おどろ》いたように目を見開くが、構わずアリシアは続ける。

「今日も、女官たちの噂話を耳にしました。アランという方を処刑《しょけい》したって。いいひとで、陛下はその人がイケメンだったから妬《ねた》んで殺した、と」

「アラン？　ああ、御用商人のか。くくっ、それは傑作《けっさく》だな。世間ではイケメン罪で処刑したことになっているのか」

「茶化《ちゃか》さないでください！」

他人事のように笑うウィルフレッドに、アリシアの怒《いか》りはさらにボルテージが上がる。

腹が立って腹が立って仕方なかった。

「たった一週間でもわかります！　陛下は決して噂のように、自分の意に沿わないからってだけで見境なしに粛清される方では絶対にありません！」

一息にまくしたて、フーフーとアリシアは山猫《やまねこ》のように肩をいからせる。

そして今さらながらに後悔《こうかい》が襲《おそ》ってくる。

いくら王妃《おうひ》とは言え、国王に仕える身であることには変わりはない。

その主人相手に声を荒《あら》げるなど言語道断である。

しかも出会ってまだ一週間かそこら。

馴《な》れ馴れしいにも程《ほど》があると自分でも思う。

それでも、叫ばずにはいられなかったのだ。

誰かが否定してあげないとだめだと思ったのだ。

「……ふむ、そのキラキラ視界は未だ継続《けいぞく》か」

「陛下！」

思わず反射的に、再び声を張り上げるアリシア。

後悔した矢先に同じことをやらかす自分が情けないが、今のはウィルフレッドのほうが酷《ひど》いと思った。

こっちは心底から心配していたというのに、そんな風に返すなんて。

ウィルフレッドは苦笑いを浮《う》かべて、

「気に障《さわ》ったのならすまん。別に馬鹿にしたつもりはない」

「どこからどう聞いてもそうとしか聞こえませんけど？」

ブスッと唇を尖らせ、アリシアは非難がましい視線をウィルフレッドに向ける。

不敬だとは思ったが、もう知ったことか！　である。

いくら国王でも、人としてしていいことと悪いことがある。

「本当に、そんなつもりではなかったんだ。むしろ羨《うらや》ましく思ったほどだ」

「羨ましい？」

訝《いぶか》しげにアリシアは眉をひそめる。

キラキラ視界＝馬鹿の何が羨ましいというのか？

皮肉か？　皮肉のつもりか⁉　と臨戦態勢に入りかけ、

「ああ、きっとご両親に愛されて育ったのだろう、とな」

小さくどこか寂しげに笑うウィルフレッドの姿に、しゅ～んっと怒りが霧散《むさん》する。

セドリックからアリシアが聞いた話によれば、ウィルフレッドは幼少の頃《ころ》からずっと辺境で過ごしていたと聞く。

当然、王都にいる国王とは会ってはいまい。

母親も彼《かれ》が幼いうちに心を病《や》み、一〇歳《さい》の時には亡《な》くなったという。

アリシアなどには想像がつかないような苦難があったに違《ちが》いない。

アリシアも父はなく母一人の家庭で育った頃もあったが、色々つらいことがあったときは母が優しく慰《なぐさ》めてくれた。

思《おも》い悩んでいた時には、それとなくアドバイスをしてくれた。

見守られている、それだけで不安が消え、勇気がもらえた。

そういうことが、とても自分の助けになったことをアリシアはよく覚えている。

でも、ウィルフレッドには多分、そういうものはなかったのだ。

それを想《おも》うだけで、アリシアは胸が締め付けられるような気がした。

「おっと、また脱線するところだったな。まあ君の言う通り、見境なしでないことは確かだ。法に則《のっと》って、法を破った者のみを処断している。粛々《しゅくしゅく》と、な」

わずかに見せた素顔《すがお》は、国王の仮面にすぐに覆《おお》い隠される。

その表情はもう完全にいつも通り、淡々としたものだ。

さらに――

「とは言え、その法を定めたのも俺だ。そういう意味では、俺の意に沿わないから処分している、だと言えるな」

皮肉げな冷笑《れいしょう》とともに、そう付け加える。

「またそういうことを……」

思わず溜《た》め息《いき》が漏《も》れた。

だんだんわかってきた。

この人は自らが咎人《とがにん》だと、心の底から思っている。

彼が人を大勢殺していることは、間違《まちが》いのない事実である。

そしてそれを許されるとも、否、許されたいとも思っていない。

仕方のない当然の事、と思っている。

だからこんな露悪《ろあく》的な物言いになるのだろう。

「……なぜ君がそんな悲しそうな顔をする？」

「陛下が悲しいことを言うからです」

「俺が？」

キョトンとされる。

しばし考《かん》え込《が》むも、

「……ふむ、正直、どれが気に障ったのかわからん。セドリックいわく、俺にはデリカシーとやらがないらしいしな。何か傷つけるようなことを言ってしまったのならすまない」

まったく見当違《けんとうちが》いの答えが返ってくる。

それがまた、アリシアの感情を逆なでする。

「あたしのことはどうだっていいんです！　今は陛下のことです！」

再びバンッ！　と机を叩《たた》いてアリシアは叫ぶ。

ガチャンッと何か甲高《かんだか》い音がした気がしたが、今はどうでもいい。

「確かに、陛下が大勢の命を奪《うば》っていることは、変えようのない事実なのでしょう。その事に強い罪悪感をお持ちなこともお察しいたします」

「いや、別に罪悪感など持っては……」

「シャラップ！　話は最後まで聞いてください！」

「あ、ああ」

アリシアの勢いにウィルフレッドがたじろぐ。

そんな彼にアリシアは人差し指を立て、

「いいですか、陛下！　陛下はいわば掃除夫《そうじ》なのです。それもトイレ掃除係！」

「……は？」

これにはさすがのウィルフレッドも、目が点になった。

ウインザー王国千年の歴史を紐解《ひもと》いてみても、国王をよりにもよってトイレ掃除係扱《あつか》いした者は空前絶後であろう。

いるわけがない。いたらまずその場で即刻処刑《そっこくしょけい》されている。

それが国王というものだ。

ウィルフレッドが周囲に目を向けると、当然とも言うべきか、アリシア付きの女官たちも顔を真っ青にしてあわあわおろおろしている。

そんな彼女らにかまわず、

「陛下は知らないかもしれませんが、掃除ってのはけっこう大変なんです！　特にトイレ掃除は！」

アリシアは大きく声を張り上げる。

おそらく夢中になるあまり、周りがよく見えていないのだろう。

普段《ふだん》はけっこう臆病《おくびょう》なところもあるのに、時々こういう信じられないような無鉄砲《むてっぽう》なことをする。

それがまあ、ウィルフレッドとしては面白《おもしろ》く興味深いのだが。

「ええ、あたしも実家では家族の持ち回りで何度かやってましたけど、正直うえってなったものです。凄《すご》く臭《くさ》いし、布越《ご》しですら触《さわ》りたくない！　って。ああ、思い返すだけで嫌な気分です。何度、弟妹《ていまい》たちに押し付けたいと思ったことか。というか、実際押し付けてお母さんに怒《おこ》られたりしたんですけど」

まくしたてつつ、アリシアはむむぅっと眉間《みけん》にしわを寄せる。

トイレ掃除についてここまで熱く語る王妃は、これまたウインザー王国初であろう。

熱弁はさらに続く。

「バロワでも、ウインザーでも、宮殿《きゅうでん》のトイレってすっごく綺麗《きれい》なんです。窓だって廊下《ろうか》だって調度品だって全部全部埃《ほこり》一つないぐらいです。食器や衣類なんかも清潔で、そうやって貴族の人たちが快適に過ごせているのは、そういう毎日掃除をしてくれてる人たちのおかげなわけですよ！」

「まあ、その通りだな」

そこについては、ウィルフレッドも異論はない。

宮殿と言えど、家であることには変わりはない。

家というものは、使えば使っただけ、いや使わなくても、どんどんと汚《よご》れていくものだ。

それが綺麗であるということは、そうしてくれる存在がいるということである。

「なのに貴族の人たちときたら、そういう人たちをまるで汚《きたな》いものでも見るような目を向けてるんです！」

「ふむ」

言われてみると、ウィルフレッドもそういう光景を何度も目にしたことがあった。

そういう掃除をする者たちを下賤《げせん》の者だと見下すような目で見る貴族は少なくない。

自分たちの視界にすら入るな、と厳命する者さえいる。

「でも、これってすっごくおかしいことだって思うんですよ！　だって自分の代わりに嫌で面倒《めんどう》なことをしてくれているんですよ？　変な目で見ず、感謝するのが筋ってものじゃないですか⁉」

グッと拳《こぶし》を握《にぎ》り、アリシアは力説する。

そんな新妻に、ウィルフレッドは若干《じゃっかん》目をぱちくりさせつつ問う。

「君の言っていることはいちいちもっともだとは思うが、それが俺とどういう関係があるんだ？」

「え？　わかりません？」

今度はアリシアのほうがキョトンとする番だった。

「ああ、正直、話が飛びすぎてよくわからん」

苦笑《くしょう》とともにウィルフレッドは肩《かた》をすくめる。

粛清の話をしていたはずなのに、気が付けば貴族は掃除夫に感謝が足りないという話になっている。

ウィルフレッドからすればミステリー以外の何物でもなかった。

「むぅ。だから、陛下はこの国の掃除夫さんみたいだなって思ったんです」

「ああ」

なるほど、そこにつながるわけかと、ようやくウィルフレッドにも彼女の言いたいことがわかってくる。

トイレ掃除というワードがあまりに強烈《きょうれつ》すぎて、いまいちつながらなかったのだ。

「あたしは馬鹿だから、政治のこととかよくわからないですけど、やっぱり国っていろいろいっぱいの問題が起きてるって思うんです。悪い人たちってやっぱりいっぱいいるし、外から攻《せ》めてくる人たちだっているし」

「ふむ」

「国のみんなが幸せに安心して暮らすには、誰《だれ》かがそういう悪い人たちをなんとかしないといけないと思うんです。でもそれは凄く面倒で難しくて、誰もやりたがらないことなんだろうなって」

「……まあ、そうだな」

国の制度や仕組みは、どんどん古くなるし、贅肉《ぜいにく》も増えていくが、それを刷新しようとすると、既得《きとく》権益層が騒《さわ》ぎ出す。

下手に断行しても、憎《にく》まれ恨《うら》まれ、果ては命の危険にまで晒される。

そんな面倒な事をするぐらいならば、自分も既得権益の温床《おんしょう》に浸《つ》かって、ぬくぬくと過ごすほうが、個人としてみれば平和で幸せで賢《かし》い生き方ではあろう。

その先延ばし先延ばしのツケが、今の生ごみが腐乱《ふらん》して悪臭漂《あくしゅうただよ》うゴミ屋敷《やしき》と化したウインザー王国なのだろうが。

「陛下は誰もが嫌がる面倒くさいことを率先《そっせん》してやっておられる方だと思います。それもけっこうトイレ掃除の類の！」

ビシッとウィルフレッドを指さし、アリシアは力強く断言する。

その様子にまたアリシア付きの女官たちが顔色を変えるのが、また面白い。

思わず笑いがこぼれるほどに。

「くくっ、そうだな。確かに俺の仕事はまさしくトイレ掃除の類だな！」

「はい、トイレ掃除なんだから、きっと綺麗事《きれいごと》では済まないんだろうなってことぐらいは、わたしにだってわかります」

「時には人を殺めることも、か?」

口にしてから、ウィルフレッドは少しだけ後悔する。

労わってくれてる相手にこれは、意地悪な返しだったかもしれない。

ただなんとなく、試《ため》してみたくなったのだ。

「……はい、そうせざるを得ないことも、きっとあるのだろう、と」

アリシアは顔を強張《こわば》らせながらも、しっかりと頷く。

この数日でもわかる。

アリシアは、温かい家族の下で平和に育っている子だ。

人を殺すなどとは無縁《むえん》の人間だ。

相当怖いに違いない。抵抗《ていこう》があるに違いない。

(それでも目を逸《そ》らさず、まっすぐに俺を見据《みす》えてくる、か)

目の前にいるのは、数万人を殺した悪鬼羅刹《あっきらせつ》の類だというのに、だ。

まったくわけがわからなかった。

「わたしのお母さんって、怒るとめちゃくちゃ怖いんですよ」

「んん？」

またなにやらいきなり話が飛んだ気がした。

まあ、彼女にはよくあることではある。

「でもこれをしたらすごい怒られる！　って思えたから、そういうことしないようになったなって。陛下がなさっていることも、要はそういうことでしょう？」

「……まあ、そういう側面はあるな」

頷きつつも、思わずウィルフレッドは目を瞠《みは》る。

確かに、ウィルフレッドの行っている一連の粛清には、そういう意図がある。

人という生き物は、楽な方向へ楽な方向へと流れてしまうものだ。

それはもうどうしようもない人のサガというものである。

だから、その弛《たる》みまくった綱紀《こうき》を正すためには、怖い存在も必要不可欠というのがウィルフレッドの考えだった。

「そんな皆《みな》のために嫌な役をやってるひとが、嫌われて変な目で見られているのは、やっぱり納得《なっとく》いかないです！」

唇を尖らせ頰《ほお》を膨《ふく》らませ、不満を表明するアリシア。

彼女にしてみれば全くの他人事のはずなのに、本気で怒っている。

つくづくお人好《ひとよ》しと言うべきか、珍妙《ちんみょう》な娘《むすめ》だと思う。

「納得いかない、か」

つぶやき、ウィルフレッドの口から思わず笑みがこぼれる。

それはいつもの皮肉げな冷笑ではなく、口元がほころぶような笑みである。

(なんなんだろうな、これは?)

今回だけではない。

彼女と話していると時々、不思議な感覚に陥《おちい》るのだ。

正直、彼女の言うことは絵空事で、くすぐったくて、居心地《いごこち》も悪くて仕方がないが、なぜか不快ではなかった。

それどころか、胸がちょっとだけポカポカする。

今まで生きてきて、感じた事のない感覚である。

これはいったい……?

「っ⁉」

未知の感覚を分析《ぶんせき》しようとした矢先のことだった。

突如生じた殺気に、全てが吹《ふ》き飛んだ。

気が付くと、反射的にその場から飛び退《すさ》っていた。

視界の片隅《かたすみ》に、飛来する矢が見えた。

「ちぃっ！」

忌々《いまいま》しげな呻《うめ》きとともに、ウィルフレッドは慌《あわ》てて矢の方へと駆け出す。

油断していた。

狙《ねら》われているのは自分だろう、と。

「えっ⁉」

アリシアが向かってくるウィルフレッドに、驚いたように目を見開く。

そのすぐ後ろに、矢が迫《せま》っていた。

ウィルフレッドは彼女《かのじょ》に飛びつき――

「ぐっ！」

左肩《ひだりかた》に、鋭《するど》い痛みが疾る。

そのままゴロゴロと芝生《しばふ》を転がると、ザシュ！　ザシュ！　と二人を追うように地面に矢が突き刺《さ》さっていく。

四阿の柱の物陰《ものかげ》に身をひそめたところで、ようやく攻撃《こうげき》の手が止《や》んだ。

「へ、陛下⁉」

腕《うで》の中で、アリシアが慌てたような声をあげる。

声の調子からして、何が起きているのかまだよく把握《はあく》していないらしい。
それが彼女の無事を教えてくれる。
ほうっと安堵《あんど》の吐息《といき》をこぼす。
――が、そこまでだった。
心臓が、苦しい。
呼吸が、できない。
視界がグニャグニャと歪《ゆが》み出し、意識が遠のき始める。
どうやら用意周到《よういしゅうとう》にも、毒まで塗《ぬ》ってあったらしい。
「ちっ」
舌打ちとともに、ウィルフレッドの意識は白濁《はくだく》の中に呑《の》まれていく。
アリシアが自分を呼んでいる気がするが、それももうはっきりとしない。
(俺もここまで、か)
だが、ここで終わるのも悪くないと思った。
少なくとも、彼女を守れはしたのだから。
ただ一つ、もし自分が死んだ時、彼女が自分を責めたりしないだろうか。
ただそれだけが気がかりだった。

ACT FOUR 4

目を見開くと、見覚えのある天井《てんじょう》があった。
すっかり見慣れた、自分の寝室である。
「……どうやらまだ生きてはいるらしいな」
どこか他人事のように、ウィルフレッドはつぶやく。
こういう時、普通の人はやはり生きていることに心から歓喜《かんき》するのだろう。
だが、特にそういうものはない。
何も心に去来するものがない。
自分はやはり壊《こわ》れているんだなと、改めて実感する。
「っ！　陛下！　目が覚められたのですね⁉」
ばっと眼前にアリシアの嬉《うれ》しそうな顔が飛び込《こ》んでくる。
その顔を見ると、とりあえず生きていて良かったと思う。
彼女に妙《みょう》な罪悪感を植え付けるのは、さすがに忍《しの》びない。

「ああ、なんとかな」

返しつつ、ウィルフレッドはむくりと身体を起こす。

「あっ、ま、まだ寝《ね》ていたほうが……」

「問題ない」

グーパーと拳を握って開いてを繰《く》り返しながら、ウィルフレッドは言う。

毒の影響《えいきょう》か、若干身体が重く力も入りにくいが、それだけだ。

これならすぐに執務《しつむ》に戻《もど》れそうである。

なんて考えていたウィルフレッドであったが、

「う、ううっ……」

「っ⁉」

嗚咽《おえつ》がしてアリシアに視線を向け、思わずギョッとする。

アリシアの双眸《そうぼう》から、ポロポロと涙《なみだ》がこぼれ、

「うあああああん‼」

瞬《また》く間《ま》に堰《せき》を切ったような大泣きへと変わる。

「ど、どうした⁉」

珍《めず》しく、ウィルフレッドが狼狽《うろた》えつつ問う。

実のところ、彼はこういう事態に遭遇《そうぐう》するのが初めてである。

基本、戦場には女性などまずいないし、貴族の女性というものは人前でこんなボロ泣きはまずしない。家の恥《はじ》になるからだ。

まったくの初めての状況《じょうきょう》、しかも女性の扱いなど不得手なウィルフレッドには、どう対処すればいいのかわからなかったのである。

「ううう っ、良がったぁ……本当に良かっだぁっ……！」

「………」

アリシアの口から漏れた言葉に、ウィルフレッドはこれまた珍しく、目をぱちくりさせる。

実に今さらながらではあるが、この言葉でようやく、彼はアリシアが自分の安否を相当に心配してくれていたということに思い至ったのだ。

いくら夫とは言え仮初《かりそめ》の契約夫婦《けいやくふうふ》、しかも一週間ちょっとの付き合いで、そこまで大泣きできるなど、彼には想像の埒外《らちがい》すぎたのである。

よく見れば、アリシアの目の下には、隈《くま》が濃《こ》い。

もしかすると徹夜《てつや》で看病をしてくれていたのかもしれない。

「随分《ずいぶん》と心配をかけたようだ。すまない」

ウィルフレッドは素直《すなお》に頭を下げる。

申し訳ないと思うと同時に、泣いてくれているのが少しだけ嬉しかった。

（……嬉しい？）

自分で自分の感情に戸惑《とまど》う。

他人に心配をかけ泣かせておいて、いったい何が嬉しいのか。

意味がわからない。

どうにもこの少女と接していると、調子が狂《くる》う。

「えぐっ、えぐっ、あ、謝《あやま》らないでください。むしろあたしのせいでこんな……」

「君が気にすることではない。俺がミスっただけだ」

実際、反射的に自分が狙いだと判断したせいで、初動が遅《おく》れたのが怪我《けが》をした原因だった。

そのロスさえなければ、無傷で切り抜《ぬ》けられた場面だったのだ。

全く自分も、戦場を離《はな》れて鈍《にぶ》ったものである。

「いえ、陛下のせいじゃないです！　あたしがトロいから……」

「訓練を受けていない君が反応できないのは当然だ。君に責はない」

「じゃあ陛下にだってないですよ！　むしろ感謝しかないです。陛下が助けてくださらなかったら、あたしは今頃《いまごろ》……」

思い出したように、アリシアが両腕《りょううで》で自らの身体を抱《だ》き、ガタガタと震《ふる》え出す。

幼少のあれこれから毒に抵抗があるウィルフレッドですら、昏倒《こんとう》するような毒だ。

もし自分ではなくアリシアが矢を受けていたら？

亡くなっていた可能性は極《きわ》めて高い。

少しだけ、胸がザワついた。

（……ふむ、思ったより俺は、アリシアの事を気に入っているらしい）

他人事のように、ウィルフレッドは思う。

これではアリシアの事を笑えない。

だが少なくとも、彼女には笑顔《えがお》でいてほしいし、悲しんだり怖《こわ》がったりする顔は見たくなかった。

グッとウィルフレッドは拳を握り締《し》める。

「安心しろ。犯人は速攻《そっこう》で捕《つか》まえる。黒幕まで含《ふく》めて」

これまで自分に敵対した連中には、残らず対価を支払《しはら》わせてきた。

あまりにも割に合わない、と。

今回もただそれをやるのみである。

「君に手を出したらどうなるか、他の奴《やつ》らにも思い知らせてやる。徹底的《てっていてき》に、な」

その声には、ただならぬ剣呑《けんのん》な雰囲気が漂《ただよ》っていた。

その場にいたアリシアや、メイドたちが思わずゾクッとしてたじろぐほどに。

ウィルフレッドには自覚はなかったが、彼は静かに怒っていた。

「陛下!!」

夜間だというのににけたたましい声とともに駆《か》け込んできたのはセドリックである。

すでにアリシアは隣室《りんしつ》で休ませている。

これからするのは、どう考えても血生臭《ちなまぐさ》いものである。

彼女に聞かせたくはなかった。

「……とりあえずご無事なようで何よりです」

ウィルフレッドの顔を見るなり、セドリックはほうっと安堵の吐息をつく。

その顔には随分と疲労《ひろう》の色が濃い。

なんでもウィルフレッドは実に三日も昏睡《こんすい》状態だったと言う。

その間、色々不安と戦い、仕事の穴を埋《う》めてもいたのだろう。

「ああ、今回もなんとか生き残れたらしい」

死線を越えるのは、初めてではない。

十代の頃には天然痘《てんねんとう》で死にかけたし、毒殺されかかった事は幾度《いくど》もある。

刺客《しかく》に襲われたことも数知れずだ。

戦場でも一《いち》か八《ばち》かの賭《か》けに出た事は少なくない。

ウィルフレッドはとにかく、悪運だけはあるのだ。

「さすがに今回ばかりはもうダメかと覚悟《かくご》しましたよ」

「そうなのか？」

「ええ、侍医《じい》によれば、矢に塗られていたのはザハクの毒だったそうです」

「ほう、少量で大型の獣《けもの》すら絶命させるというあれか？」

「です。よくもまあそんなものからご生還《せいかん》なされましたよ。さすがは陛下です」

「ふっ、ガキの頃の暗殺者たちのおかげかもな」

ウィルフレッドは小さく笑《え》みをこぼす。

幼少の頃の毒殺未遂《みすい》の経験が、毒への抵抗力《ていこうりょく》を上げたと言う可能性はありそうである。

「まったく笑い事ではございませんけどね」

セドリックは呆《あき》れとも疲《つか》れとも取れる嘆息《たんそく》をする。

見解の相違《そうい》はいかんともしがたいようだ。

「そうか？　十分笑い事だろう？　間抜《まぬ》けにもザハクなんぞを使ってくれたんだからな」

ニッとウィルフレッドは口《くち》の端《は》をあくどく吊《つ》り上げる。

ザハクとは、バロワ王国にのみ棲息《せいそく》する稀少《きしょう》な大蛇《だいじゃ》の名前である。それゆえウインザー王国では入手は非常に困難だ。

すなわち入手経路は極めて限定され、特定しやすいのだ。

「先日死んだアランとかいう名の密売人がいたよな？　確か押収《おうしゅう》した品の中にザハクがあったという報告があったのを覚えている」

例の世間の噂《うわさ》ではイケメン罪で処刑したということになっているらしい男である。

勿論《もちろん》、実際にそんな理由ではない。

表向きこそ御用《ごよう》商人として、また下町の面倒見《めんどうみ》のいい顔役として評判の男であったが、裏では麻薬《まやく》などの禁制の品の密輸や人身売買などに手を染めていた極悪人《ごくあくにん》だった。

一介《いっかい》の商人ごときがここまで大掛《おおが》かりなことをするとは考えにくい。

おそらくバックにかなりの大物がいるはずだ。

是非《ぜひ》ともそいつの名を吐《は》かせたかったのだが、アランは捕まえた翌朝には身体が冷たくなっていた。

病死か毒殺かまでは判然としなかったが、おそらくは余計なことをしゃべる前に消されたのだろう。

ウィルフレッドとしては黒幕への手がかりが途絶《とだ》えたと口惜しく思っていたのだが、意外なところからまたつながったものである。

「ええ、私もそれを思い出し、ガーデンに調査を進めてさせております。あんなものを密輸する人間など、他にいるとも思いませんでしたからね」

「さすがだ。仕事が早い」

思わずニッとウィルフレッドは口元をほころばす。

「この程度の事ぐらい出来ねば、あなたの側近は務まりませんよ」

一方のセドリックはと言えば、自慢《じまん》するでもなくさも当然とばかりに流す。

まったく頼《たよ》りになる有能な副官である。

ちなみに、ガーデンとはウィルフレッドが極秘《ごくひ》に設立した諜報《ちょうほう》機関の名である。

ウインザー王国自体にもシスという名の諜報機関があるにはあるのだが、国内の貴族連中の息がかかっている者も少なからず在籍《ざいせき》しており、正直こういう時にはあまり使えないのだ。

「アランの不審《ふしん》死も、ザハクによるものと思うか？」

「おそらくは……」

ウィルフレッドの推測に、セドリックも同意を示す。

ザハクの毒は症状《しょうじょう》としては心臓麻痺《まひ》に似ており、内服すると病死なのか毒殺なのか非常に判別がしにくいのだ。

実に辻褄《つじつま》が合う。

「自分が仕入れたもので殺されるとは、なんとも間抜けな話だな」

「悪党には似合いの末路かと」

「それこそ笑えんな」

ウィルフレッドは自嘲《じちょう》気味に肩をすくめる。

悪党と言うならば、自分こそが世紀の大悪党であるという自覚がある。

ちょっと運が良かっただけで、ザハクによる毒殺が自分の末路だったとしても、なんらおかしくはなかったのだ。

コンコン。

不意に、ドアをノックする音が響《ひび》く。

「なんだ?」

「失礼します」

挨拶《あいさつ》とともに、おさげ髪《かみ》のメイドが入ってくる。

年は二〇前後といったところか、顔立ち自体は整っているのだが、どこか地味でパッとしない印象である。

化粧でそう作っているだけなのだが。

「侍医の先生より薬をお持ちするように、と」

「そうか。ではそれを置いて下がれ。陛下と私は今、大事な話の最中だ」

「は、はい」

セドリックの言葉に、メイドはビクッと身体を震わせ、茶器を机に置いてそそくさと部屋から出ていく。

ドアが閉まるのを確認《かくにん》してから、セドリックがつかつかと机に近づき、茶器の隣《となり》に置かれた薬包を手に取り、「どうぞ」と恭《うやうや》しくウィルフレッドに手渡《てわた》す。

だが、肝心《かんじん》の白湯《さゆ》の入った茶器は放置のままである。

そして、ウィルフレッドもそれを指摘《してき》することなくおもむろに薬包を開く。

そんなことをすれば、本来なら中の薬がこぼれるところだが、何も落ちてこなかった。

当然だ。最初からそんなものは中に入っていないのだから。

中に入っていたのは、別のものである。

薬包の紙の裏側にびっしり書かれた文字、すなわち情報だ。

あのメイドは、ガーデンの手の者なのだ。

「……っ⁉」

そこに書かれた内容は、ウィルフレッドをして思わず目を疑う内容だった。

そうであって欲《ほ》しくないと、心から願っていた。

一方で、やはりという思いもある。

「つくづく俺《おれ》はこういう星の下に生まれついてしまったらしい」

ウィルフレッドは皮肉げに力なく笑い、紙片《しへん》をセドリックに渡《わた》す。

「なっ⁉　ま、まさか……」

セドリックも驚《おどろ》きを露《あら》わにしている。

その紙片には、今回のアリシア暗殺未遂事件の首謀者《しゅぼうしゃ》の名が記されていた。

ウィルフレッドもセドリックもよく知る人物の名である。

リチャード＝アキテーヌ＝ウインザー。

ウインザー王国の王位継承権《けいしょうけん》第一位にある者であり、この世に残されたウィルフレッドの唯一《ゆいいつ》の肉親の名であった。

「お、お初にお目にかかります！　リチャード＝アキテーヌ＝ウインザーです」

ウィルフレッドがリチャードと初めて会ったのはわずか二年前、ウィルフレッドが王となってからである。

兄弟とは言っても、ウィルフレッドの母は下級貴族の出、かたやリチャードの母はノイマン公爵《こうしやく》家の出だ。

黒髪《くろかみ》で禍々しいウィルフレッドはすぐに辺境に飛ばされ王宮になど縁《えん》がなく、これまで会う機会などなかったのである。

「お前がリチャードか」

ウィルフレッドは玉座から冷たく、初めて会う弟を見下ろす。

この世に残された、たった一人の肉親を。

「はい。あのアマルダの英雄《えいゆう》にお会い出来て光栄です。それがボクの兄だということを心より誇《ほこ》りに思います」

キラキラした目で見上げてくる。

第一印象は、子犬のような少年だった。

「そうか」

ウィルフレッドは小さく首肯《しゅこう》する。

下から取り入ろうとする気配をうっすらと感じはした。

だが、そういう風に接してきた人間は、これまでごまんといた。

自分を怖がらないだけ、まだマシではあろう。

「お前を呼んだのは他でもない」

「はい」

「現状、お前は俺のたった一人の肉親だ」

「……そう、ですね」

戸惑うように、リチャードが表情を曇《くも》らせる。

当然と言えば当然か。

もう一人の肉親、ジョン王は他でもないウィルフレッドが殺した。

ジョン王はリチャードを溺愛《できあい》し、可愛《かわい》がっていたと聞く。

そんな兄を殺した相手に思うところがなかろうはずもない。

「だからこそ、お前には内々に伝えておかねばならんことがある」

「っ！　なんでしょう？」

居住まいを正し、緊張《きんちょう》した面持《おもも》ちで問うてくる。

少々ふわふわして頼りない印象だったのだが、場をわきまえてはいるらしい。

悪くない。

「俺は子を儲《もう》けるつもりはない。王位はお前が継《つ》げ」

「ご……御冗談《ごじょうだん》を。ま、まさか、ボクを試しておいでで？」

リチャードがいぶかるのも、無理のない話ではあった。

旨《うま》い話には裏がある。

あえて王位をチラつかせることで野心があるかないかを見定めようとするのは、王宮ではよくある話であった。

「そんなつもりはない。本心だ。信じろと言っても無理かもしれんがな」

「ええ、さすがににわかには……」

リチャードが動揺《どうよう》した顔で、首を左右に振《ふ》る。

だが、元より信じてもらうつもりもない。

問うべきことを問うだけである。

「王位を継ぎたくないのか？」

「それは……」

「いやならば無理にとは言わない。他の者を探すだけだ」

「っ！　お待ちください！」

リチャードが慌てて制止の声をあげる。

言ってから、しまったと言うように顔を歪める。

だが、吐いた言葉は戻せないとすぐに覚悟を決めたようで、

「一国の王になりたいかなりたくないかと言われれば、それはなりたいです。ボクも男ですから。でも、兄上を退けてまでなりたいとは毛頭思っていません」

慎重《しんちょう》に言葉を選びながらもはっきりと言う。

二心がない事は明言しておきたいのだろう。

ほんの数日前に、ウィルフレッドは実の兄であるジョン王を弑《しい》しているのだ。

下手なことは言えないと思うのは当然の心理であろう。

そういう疑い深さや用心深さは、むしろ王には必要不可欠な資質である。

やはり、悪くない。今の時点では、合格点と言っていいだろう。

ウィルフレッドはうむと一つ頷《うなず》き、厳《おごそ》かに言う。

「そうか。ならば励《はげ》め」

「え？」

キョトンと目を瞬《またた》かせるリチャード。

どういう意味か、よくわからなかったらしい。

「王になりたいのならばよく学び、よく鍛《きた》え、力をつけろ。その時、王たるに相応《ふさわ》しい資質をお前が備えていれば、次はお前だ」

噛《か》んで含めるように、ウィルフレッドは言う。

リチャードは一瞬呆然《いっしゅんぼうぜん》としたものの、震える声で問い返す。

「ま、真にボクに王位を譲《ゆず》るおつもりで？」

「その時、お前が王に相応しい人間であれば、な。王になりたいのならば、力を示せ」

「ふ、粉骨砕身《ふんこつさいしん》、努力します！　か、必ずや兄上のお力となってみせます！」

拳《こぶし》を握《にぎ》り、ウィルフレッドの目をしっかりと見据え、リチャードが声を張り上げる。

ウィルフレッドからしたら正直言って気が知れないが、どうやら本気でこの国の王になりたいらしい。

「期待している」

声こそ淡々《たんたん》とした調子ではあったが、ウィルフレッドの心からの言葉であった。

ウィルフレッドとしては、彼《かれ》がこの国を任せられるだけの人間に育ってくれれば、お役御免《ごめん》である。

実に願ったりかなったりであった。

「は……はいっ！」

瞳《ひとみ》を希望に燃やし、リチャードが気持ちの入った声で返事する。

フッとウィルフレッドは目を細め小さく笑みをこぼす。

男に対して、こういう言葉を言うのはどうかとは思うが、素直に可愛いと思った。

この世に残されたたった一人の弟でもある。

出来れば夢を叶《かな》えて幸せになってほしかった。

心から、そう願っていた。

だが、その願いは叶わなかったらしい。

……。

…………。

「な、何事です、兄上⁉」

「へ、陛下⁉」

騎士《きし》たちを引き連れてウィルフレッドがリチャードの居室に乗り込むと、弟はノイマン公爵と歓談《かんだん》中であった。

こちらの物々しい雰囲気《ふんいき》に、二人とも驚愕《きょうがく》に顔を強張らせている。

「それはお前たちが一番よくわかっているだろう？」

見下ろし淡々と告げると、サーッとリチャードの顔から血の気が引いていく。

一方のノイマン公爵は全く思い当たる事がないのか、鳩《はと》が豆鉄砲《まめでっぽう》を食ったような顔である。

「……そうか、お前の独断だったか」

失望も露わに、ウィルフレッドは嘆息する。

ノイマン公爵には悪いが、正直、あくまで彼が主導で、若いリチャードはそそのかされただけ……であってほしかった。

さほど交流はなかったが、ノイマン公爵は国内外でも名の知れた歴戦の武人である。

女を暗殺などと言う手はまず使うまい。

それを重々わかっていてもなお、そう期待せずにはいられなかったのだ。

だが、現実はいつもウィルフレッドにとって無情だった。

「リチャードを拘束《こうそく》しろ」

傲然《ごうぜん》とウィルフレッドは命を下す。

その声は冷たく、一切《いっさい》の感情がこもっていなかった。

「はっ！」

「リチャード殿下《でんか》、ご無礼を！」

「おとなしくなさってください！」

「なっ！　貴様ら、何をする⁉　ボクは王弟だぞ⁉」

「陛下直々の命なれば」

「ぐぅっ！」

リチャードは抵抗《ていこう》するが、所詮《しょせん》は荒事《あらごと》に慣れていない王宮育ちのお坊《ぼっ》ちゃんである。

屈強《くっきょう》な騎士たち三人に、瞬く間に組《く》み伏《ふ》せられる。

「へ、陛下……こ、これはいったい……⁉」

ノイマン公爵だけがまだ状況を掴《つか》めず、ウィルフレッドとリチャードの間で視線をさまよわせている。

「毒矢の件、と言えば察しがつくだろう？」

「っ⁉　へ、陛下がお倒《たお》れになったことは耳にし、心より心配しておりましたが……ま、まさか……その犯人がリチャード殿下だと？」

「ああ、そのまさかだ」

震える声で言うノイマン公爵に、ウィルフレッドは頷きで返す。

だが、さすがににわかには信じられなかったのだろう。

「しょ、証拠《しょうこ》はあるのですか？」

「先日捕まえたアランがザハクの毒を密輸していた。その取引先を洗ったところ、こいつの乳兄弟《ちきょうだい》であるクライブの名が浮上《ふじょう》してきた」

「っ⁉」

リチャードの顔が、さらに青ざめる。

ぶわっとその顔に脂汗《あぶらあせ》がにじみ出し、カチカチと歯が鳴り始める。

「で、殿下？」

「ち、ちがっ……ちがっ……」

ノイマン公爵の問いかけに返そうとするも、声が震えに震えてリチャードは最後まで言えないようだった。

もう白状しているようなものではあるが、ウィルフレッドは続ける。

「早速《さっそく》、乳兄弟であるクライブの部屋を捜索《そうさく》したところ、ザハクの小瓶《こびん》が見つかった。尋問《じんもん》したら速攻で吐いてくれたよ。リチャードの指示だ、とな」

「ね、ねねね、捏造《ねつぞう》です！　そ、そそ、そんな事、ぼぼぼ、ボクは頼《たの》んでないっ！」

裏返った声でリチャードが喚《わめ》くが、もはや説得力は皆無《かいむ》であった。

この程度でここまで狼狽《うろた》える胆力《たんりょく》で、こんな大事を為《な》そうというのがウィルフレッドからすれば、呆れるしかない。

「で、殿下……なにゆえそんな馬鹿な真似《まね》を……」

「ち、ちち、違《ちが》う！　伯父《おじ》上、し、信じてくれ！　こ、これは誰《だれ》かの陰謀《いんぼう》だ！」

「あ、ああ、兄上を暗殺なんて、そ、そそ、そんな大それた事、ぼ、ボクがするはずないだろう⁉」

　ろれつが回らないながらもリチャードは必死に訴《うった》えかけるが、ノイマン公爵の眼差《まなざ》しに宿る疑惑《ぎわく》は深まるだけである。

「そうだな、お前に俺を狙う胆力があった、とは俺も思わん」

「そ、そうです！　ボクにそんな大それたことは無理です！」

「仮にお前の言う通り、指示してなかったとしても、だ。クライブはお前の家臣だ。主としてお前が責任を取らねばならない」

　やはり淡々とウィルフレッドは言い含めるように言う。

　国王の殺害未遂、殺人教唆《きょうさ》である。

　大罪も大罪、下の者が勝手にやったことです、など到底《とうてい》通じる言い訳ではない。

　それでなんとかなるレベルはとうに超《こ》えていた。

「………っ！」

　これが、決定打となった。

リチャードも一応は王族である。

もう言い逃《のが》れは出来そうにないと思い知ったらしい。

「ボ、ボクをどうするおつもりですか⁉」

「その言葉に、俺はこう返すしかない。法は絶対だ」

冷たくウィルフレッドは言い捨てる。

途端《とたん》、リチャードの身体が小刻みに震え、カチカチっと歯が鳴り出す。

「ま、まさか死刑《しけい》……ですか⁉」

「ふむ。さすがにそれぐらいは知っていたか」

あまりにも愚《おろ》かゆえ、知らないのではないかと正直、心配だったのだ。

さすがに国王への殺害未遂は許されざる大罪であり、公爵であろうと王族であろうと問答無用で死刑である。

それが王政というものだった。

「せ、せめてお慈悲《じひ》を！　命だけは！　命だけは……っ！」

すると今度は情に訴えかけてきた。

小悪党というものは、つくづく行動が一致《いっち》するらしい。

あまりにもパターン通りすぎて、呆れを通り越《こ》して可哀想《かわいそう》になってくる。

まだ十代であり、血を分けた実の弟だ。

相応の罰《ばつ》は与《あた》えた上で、今回は命だけは許してやりたいというのがウィルフレッド個人の素直な心境ではある。

だが、彼は残念なことに、このウインザー王国の国王だった。

「さっき言った通りだ。法は絶対だ、とな」

感情の一切入っていない、淡々とした声でウィルフレッドは言う。

これまで彼は法の名の下に、次々と処刑《しょけい》を行ってきたのだ。

それを今さら肉親だからと甘《あま》い裁定を下せば、これまで維持《いじ》してきたウィルフレッドの『法治』が根底から崩壊《ほうかい》することになる。

そうなればこれまで行ってきたせっかくの改革が有名無実のものとなり、犠牲《ぎせい》になった数多《あまた》の者たちに顔向けできない。

肉親にこそ法を徹底《てってい》する。

そうやって自ら範《はん》を示さねばならないのが、ウィルフレッドの立場だった。

「せめて苦しまぬよう、一太刀《ひとたち》であの世に送ってやる」

言って、ウィルフレッドはすうっと左手を腰《こし》の剣《けん》の柄《つか》に伸《の》ばす。

それで彼がまごうことなく本気であると言うことは伝わったらしい。

「ひっ、いやだぁっ！　死にたくない！　死にたくないぃぃいっ！」

リチャードがぶんぶんっと首を振りながら叫《さけ》びもがく。

とは言っても、押《お》さえつけているのは、屈強な騎士たちである。

彼程度の力ではビクともしない。

「だ、だから違うんです！　ボクが殺せって言ったのは王妃《おうひ》なんです！　兄上じゃないっ！　事故なんだ！」

「ほう？」

興味深げにウィルフレッドは目を瞠《みは》らせる。

狙《ねら》ったのが国王でないならば死罪にはならないと踏《ふ》んだのだろうが、語るに落ちるとはまさにこの事である。

「やはりお前の差し金か」

「あっ！　いや、その、えと……」

後に続く言い訳が思いつかなかったらしく、リチャードはしどろもどろになる。

助かりたくて必死だったのだろうが、あまりにも頭が悪い。普段《ふだん》はそこまでとは感じなかったので、咄嗟《とっさ》の機転が利《き》かないのだろう。

「ち、ちちち、違うんです！」

「さっきからそればっかりだな」

自分に都合が悪い事があると、そう言いたくなるらしい。

せめてもうちょっとマシな言い訳はできないものだろうか。

「吐け。なぜアリシアを殺そうとした？」

「………………」

リチャードは黙《だま》ったまま、後ろめたそうに目を逸《そ》らす。

だが、それを許してやるほど、ウィルフレッドも甘くはない。

「爪《つめ》でも剥《は》げば話す気になるか？　幸い指は一〇本ある。爪で吐かなければ、次は折る」

正直、気は全然乗らないが、理由をしっかり問いただしておかねば、他の者に説明ができない。

明らかにしておくことで、今後の対策に繋《つな》がる可能性もある。

まったく身内に対してすら一切の容赦《ようしゃ》ができないのだから、国王というのは因果な職業だと改めて思う。

だが、これがリチャードには効果てきめんなようだった。

「ひっ！　……こ、このままでは奪《うば》われると思ったから、です！」

怯《おび》えた声の後、さすがにもう言うしかないと観念したらしい。

リチャードが慌《あわ》てて白状する。

だが正直、ウィルフレッドは彼が何を言っているのか全くピンとこなかった。

「奪われる？　誰に、何をだ？」

「決まっているでしょう！　貴方《あなた》とあのアリシアとかいう女との間に生まれる子どもに、王位をですよ！」

「はぁ？」

思わず間抜けな声が、ウィルフレッドの口から漏《も》れる。

一瞬《いっしゅん》、意味がわからなかった。

それぐらい彼にとっては欠片《かけら》も考えたことがない事だった。

そもそも王冠《おうかん》など一刻も早く別の誰かに譲り渡したかったし、アリシアとの間に子を儲けるつもりもまったくなかったのだから。

「ずっと兄上は女に興味がないようでした。だからボクも安心していられた。けど、あの女とはとても仲睦《むつ》まじく見えた……。もう時間の問題だと思ったんです……」

「……そうか」

それだけ返すのが、精一杯《せいいっぱい》だった。

これほど間の抜けた話もないと思ってしまう。

実際には、ウィルフレッドとアリシアはあくまで友人として仲良くしているだけで、一度としてそういう行為《こうい》に及《およ》んだ事などないのだから。

「今はまだそのつもりはなくても、兄上とて人の子。我《わ》が子可愛《こかわい》さに、必ず王位を惜《お》しむようになる、と」

「……なるほど……な」

疲れたように、ウィルフレッドは嘆息する。

歴史を鑑《かんが》みれば、我が子可愛さに、王位を譲る約束を反故《ほご》にした例は、枚挙に暇《いとま》がない。

ウィルフレッドもそうするというリチャードの考えは、至極《しごく》自然でまっとうではあった。

だから、その発想自体を責めるつもりはない。

だが、王たらんとする者としては、あまりに短慮《たんりょ》と言うしかない。

せめてもっと綿密に計画を立て、バレないように事を運んでいたのならば、認めてやることもできた。

政治にも軍事にも、汚《きたな》い謀《はかりごと》が時には必要だからだ。

しかし、まだ若いとは言え、ここまで衝動的《しょうどうてき》に浅はかに事を進めるようでは、王となっても早晩、足をすくわれていただろう。

「俺は本当にお前に王位を譲る気でいたんだがな、残念だ」

言いつつ、ウィルフレッドは腰の剣をゆっくりと抜き放つ。

聞きたいことはもうだいたい聞き終えた。

ならばもう、終わりにするべきだろう。

「ま、まさか本気でボクを殺す気ですか⁉」

「冗談《じょうだん》だとでも思ったか？　たとえ故意でなかろうと、国王に刃《やいば》を向けた者は死刑だ」

そう法に明記してある。

ウィルフレッド自身はこんな条文なくしてしまいたかったのだが、それでは王の権威《けんい》がなくなると周囲から猛反対《もうはんたい》されてしまったのだ。

一応、王自身の裁量で生死の判断ができる条文を付け加えはしたが、

（この浅はかさでは、生き長らえたところで、この国の害になるだけだな）

残念ながら、この性根《しょうね》ではそういう未来に至る可能性が極めて高いと言わざるを得ない。

十代ならばともかく、彼は半年後には二〇になる。性根を入れ替《か》え更生《こうせい》するというのは、もう難しいだろう。

そんな少ない可能性に、この国の未来を、民の生活を賭けるわけにはいかなかった。

「ひぃぃっ！　こ、殺さないで！　素直《すなお》にしゃべったじゃないですか！　ひぐっ、ひぐっ、死にたくない！　死にたくないぃぃぃっ！　お慈悲を！　うあああ、お慈悲をぉっ！」

刃を見たことで、死を間近に感じたのだろう。

リチャードがぼろぼろ涙《なみだ》を流しながら懇願《こんがん》してくる。

「お、王位継承権なら返上します。い、一貴族になります！　だ、だから命だけは……」

騎士たちに拘束されていなければ、足にすがりついてきそうな勢いである。

矜持《きょうじ》も潔《いさぎよ》さもあったものではない。

「まだそれで済むと思っているのか」

もはやウィルフレッドにはただただ呆れしかなかった。

『苦労知らずのお坊ちゃん』

アリシアが一目見てリチャードをそう評していたことを思い出す。

まさしくその通りであった。

苦労を知らず世間を知らないから、こんな穴だらけの計画を立てることになる。

人の痛みを知らないから、物同然に簡単に人を殺そうとする。

だから人を殺そうとしながら、殺される覚悟もない。

事の重大さも、わからない。

（俺はこの程度の男に、期待していたのか）

散々アリシアの目を節穴呼ばわりしてきたが、何のことはない。

自分の目こそ節穴であり、彼女《かのじょ》のほうがよっぽど人を見る目があったというわけだ。

まったく笑い話にもならない間抜けな話である。

「じゃ、じゃあ庶民《しょみん》になります！　いや、牢屋《ろうや》暮らしでもいい！　ですから！　ですから命だけはっ！」

ヒュン！

ゴトッ……。

一陣《いちじん》の風切り音とともに、何か重いものが床《ゆか》に落ちる音が響く。

ブシュッと一拍《いっぱく》置いて、リチャードの首を失った胴体《どうたい》からおびただしい量の鮮血《せんけつ》が飛び出し、天鵞絨《ベルベット》の絨毯《じゅうたん》を赤く染め上げていく。

不幸なのは、彼が王位継承権を持っていた、ということだろう。

それがなければ、振るえる力も限られていた。

神輿《みこし》として担《かつ》ぐ価値もなかった。

幽閉《ゆうへい》して静かに余生を過ごさせるという選択肢《せんたくし》もあり得た。

だが、彼が王家の血を引く以上、不穏《ふおん》分子たちは彼を放ってはおかないだろう。

リチャードが望むと望まざるとにかかわらず、彼を利用しようとする者は現れる。

だから、こうするしかなかった。

将来の禍根《かこん》を断《た》つ為《ため》には。

「苦しまぬよう、兄としてせめてもの情けだ」

ピッと剣に付いた血を払《はら》いながら、もう物を言わなくなったリチャードの顔を見下ろし告げる。

おそらく、何が起きたか本人もわからぬままにあの世に逝《ゆ》けたことだろう。

痛みも、いざ殺すとなった時の迫《せま》りくる恐怖《きょうふ》も感じることなく。

またこれ以上、醜い生き恥《はじ》を晒《さら》すこともない。

もうそれが、ウィルフレッドにできる最後の慈悲だった。

弟にはきっと、わかってはもらえないのだろうが。


窓からは月明りが優《やさ》しく差し込《こ》み、暗い部屋を仄《ほの》かに照らしていた。

手にしたグラスの水面に、満月を映し込んでから、くいっとあおる。

アルコールの熱さが、喉《のど》、胸、胃と順々に焼いていく。

「こういう日は酒に限るな」

噛み締《し》めるように、小さく笑《え》みを漏らす。

ウインザー王国の北方、ジーナス地方産のウイスキーである。
まだ辺境にいた頃《ころ》から時々、愛飲している馴染《なじ》みの酒だった。
「陛下……」
ちびちび月見酒を嗜《たしな》んでいると、不意に背後からアリシアの呼ぶ声が響いた。
その声には、悲しそうな響きがある。
どうやらリチャードの事を耳にしたらしい。
「えっと、なんと言っていいのかわからないですけど、その、大丈夫《だいじょうぶ》、ですか？」
おそるおそるといった様子で、問いかけてくる。
なるほど、自分の事を心配してくれているらしい。
やはり優しい子である。
仮初《かりそめ》とは言え、自分みたいな人間の妻にはもったいないぐらいに。
「問題ない。いつもの事だ」
法に従い、罪を犯《おか》した者を処罰《しょばつ》する。
そう、いつものことであった。
今回はただそれが、半分とは言え血を分けた弟だった。
それだけの事である。

「っ！　いつもの事って……じ、実の弟さんじゃないですか⁉」

アリシアが声を荒《あら》げる。

確かに、世間一般《いっぱん》では家族と言うものは大事なものらしい。

手にかけることに、躊躇《ちゅうちょ》を覚えるのが普通《ふつう》らしい。

だが――

「別に兄弟を手にかけるのは初めてというわけでもない」

淡々と言って、ウィルフレッドはウイスキーを口に運ぶ。

やはり酒はいい。

特にこの、喉を焼き尽《つ》くすような熱さが。

「初めてじゃないから問題ないって、そんなはずないじゃないですか……」

そんなアリシアの声に、ウィルフレッドはようやく彼女の方を振り返る。

言葉の内容は特に響かなかった。

せいぜい、そんなはずないと決めつけられたのが少し不快だったぐらいだろうか。

だが、世間では決めつけとは不快なものらしいので、それも気にするほどのものではない。

彼が気になったのは――

「なぜ君が泣く？」

いぶかしげに、ウィルフレッドが問う。

親しい人が死んだらつらい。

それぐらいはいくらウィルフレッドとてわかる。

だが、アリシアとリチャードは挨拶回りの時に一度会ったきりで、その後、特に交流もなかったはずだ。

意味がわからなかった。

「す、すみません。陛下のお心を思うとどうしても涙が……」

「はあ……そういうことか」

疲《つか》れたような溜息《ためいき》が、思わず漏れた。

今の一言で、だいたいの事は察せた。

つまりは――

「女と言う生き物は、他人が泣いているとよくもらい泣きをすると聞くが、お門違《かどちが》いもいいところだ」

ひらひらと手を振って、ウィルフレッドは否定する。

慰《なぐさ》めの言葉ぐらいなら社交辞令《そういうもの》と聞き流すが、同情の涙までは勘弁《かんべん》願いたかった。

実際、つらくも痛くも苦しくもないのだから。

そんな辛気臭《しんきくさ》いものを見せられても、酒が不味《まず》くなるだけである。

せっかく今宵《こよい》は満月だというのに、興醒《きょうざ》めもいいところだった。

「お門違い、ですか？」

「ああ、俺は別につらくもないし、泣いてもいない」

「そんなっ！　つらくないわけないじゃないですか！」

「そう言われてもな、ないものはないからな」

「でもっ！　たった一人の弟さんに裏切られ、しかも死んだんですよ。それで傷つかないはずな……」

「人の心を勝手に推《お》し量《はか》り、決めつけないでもらおうかっ」

少しだけ、語気が荒くなった。

さすがにこの押し問答《もんどう》が、鬱陶《うっとう》しかったのだ。

確かに世間一般では、そういうものなのだろう。

だが、それを押し付けないでほしかった。

「同情ごっこがしたいのなら、すまないが他でやってくれないか？」

もうこの話は終わりだとばかりに冷たく突《つ》き放《はな》し、ウィルフレッドは窓に視線を移し、グラスを傾《かたむ》ける。

先程《さきほど》は心地《ここち》よかった熱さが、今は不快極《きわ》まりない。

やれやれ、これでは酔《よ》えそうになかった。

「……も、申し訳ございません。出しゃばった口を聞きました」

ウィルフレッドの剣幕《けんまく》に、アリシアが慌てたように謝罪の言葉を述べてくる。

そんな簡単に引っ込むのなら、ズカズカと人の心に踏み込んでくるなと思う。

苛立《いらだ》ちはむしろ増したが、一応は謝《あやま》ったのだ。

こちらも矛《ほこ》を収めるべきだろう。

「いや、こちらも口が過……」

「でも！」

ウィルフレッドが謝ろうとした矢先、アリシアが声を張り上げる。

ようやく話が終わったと思ったのに、今度はなんだ⁉

「絶対にこれだけは譲りません！　つらくないはずないんです！」

キッとウィルフレッドの目を見据《みす》え、頑《がん》として言い張る。

その瞳には、強い意志がほとばしっている。

デジャヴがあった。

結婚式《けっこんしき》の時に見て、思わず目を惹《ひ》かれたあの光だった。

げんなりとウィルフレッドは嘆息《たんそく》する。

こういう目をしている人間を、ウィルフレッドは戦場で何人も見てきた。

どんな逆境にも諦《あきら》めないで、最後まで戦い抜《ぬ》く。

むしろ逆境の時ほどとんでもない馬力を発揮する。

そういう奴《やつ》らばかりだった。

味方の時は頼もしいが、敵に回すとこれほど厄介《やっかい》な連中もいなかった。

「しつこくもなります。見ていられませんから！」

腰に両手を当て、アリシアはふんっと鼻息荒く言う。

「見ていられない？　だから同情ごっこなら……」

「だって陛下、つらそうじゃないですか」

「俺《おれ》のどこがつらそうだと？」

どうせまた勝手な決めつけだろうと眉《まゆ》をひそめつつ、ウィルフレッドは問う。

「しつこいな、君も……」

仕事はいつも通りこなしていたし、ミスもなかった。

付き合いの長いセドリックからも、何も指摘《してき》はされもしなかった。

仕事も終え、今は優雅《ゆうが》に月見酒を楽しんでいたぐらいだ。

これのいったいどこがつらそうだと言うのだろうか？

「全部ですよ、全部！」

「ちっ、はあああ……せめてもっと具体的なものをあげてくれないか？」

思わず舌打ちと呆《あき》れ切った溜息が漏れる。

これが部下ならば、氷のごとく冷たい視線で詰問《きつもん》していたところである。

まあ、そういう時は得てして、しどろもどろになってふわっとした抽象的《ちゅうしょうてき》なことしか答えられなくなるのが常なのだが。

「ではまず、つらそうなお顔をされてます」

「君の思《おも》い込みがそう見せているだけだろう」

「そんなことありません！　いつもより辛気臭いです」

「元々俺は辛気臭い男だ」

「背中に哀愁《あいしゅう》が漂《ただよ》ってます！」

「さっきから印象論すぎてやはり具体性がないな」

「〜〜っ！　なら、珍《めずら》しく酒なんか呑《の》んでます！」

「ふむ、少しマシにはなったが、俺だってたまには酒ぐらい呑む」

「普段《ふだん》呑まないじゃないですか」

「今夜は満月だったからな。月見酒もたまにはいいと思っただけだ」

「むぅう〜」

思った通り、大したことはなかった。

あっさり論破していくと、アリシアが不満そうに唇《くちびる》を尖《とが》らせ唸《うな》る。

「なんだ、それだけか？」

「まだあります！　いつもより明らかに不機嫌《ふきげん》です！」

「それは自覚はあるが、君が変な事を言ってくるからだろう？」

「変な事？」

「つらくもないのにつらいという事にされ、しかもそれを押し付けられる。さすがに鬱陶しくもなる」

これでイラつかない人間がいたら、見てみたいものである。

そいつはきっと人間ではなく、背中に羽でも生えているに違いない。

「それは絶対嘘《うそ》です！」

「また決めつけか。さすがにいい加減に……」

「だって陛下いつも、わたしのそういうの、どこか楽しそうにしてるじゃないですか！」

「む……」

言われて、ウィルフレッドは思わずハッとなる。

確かに、そう言えばそうであった。

何度も何度も彼女には「優しい人間」扱《あつか》いされ、そのたびに否定してきた。

不快さもあるにはあったが、一方でどこか心地良《ここちよ》さを感じていたのも確かだった。

「声を荒げるのだって変です。陛下は何かに怒《おこ》っている時、熱くなるより、むしろ冷ややかになるじゃないですか」

「な、に？」

これまた予想外の、完全に意表を突かれた一言だった。

普通、人と言うものは怒った時には感情を激高させ、冷静さを欠くものである。

一方のウィルフレッドは、誰かが何か問題を起こした時、期待や信頼《しんらい》を裏切った時、心がすうっと急速に冷えていき、頭がむしろ冴《さ》えていく感じさえあった。

どこまでも冷徹《れいてつ》に、非情に、客観的に、現実的に、起きた問題への対処法ばかりが次々と浮《う》かんでくるのだ。

こんな冷たく計算高いものが、果たして怒っているというのか？

怒《いか》りとは熱く激しいものではないのか？

「自覚なかったんですか？　仕事の書簡を読んでいる時とか、たまにそういう空気出してましたよ」

「……それは記《き》憶《おく》にあるが、あくまで失望であって怒っているわけでは……」

「失望も怒りも、相手に対してマイナスの感情を感じているのは一《いっ》緒《しょ》でしょう？」

「ふむ……」

言われてみれば、その通りではある。

ただその熱のベクトルが真反対なだけで、確かにマイナスであることには変わりはない。

「わかりますか？　普段の陛下はそういう風に静かに冷たく突き放すように怒るんです。なのに今日は感情剥《む》き出しなんです。おかしいでしょう？」

「……俺だって人間だ。たまにはそういう日もある」

「たまには？　そういう日？　ほら、つまり今日は機《き》嫌《げん》が悪いってことじゃないですか。なぜですか？」

「…………」

ついにはぐうの音も出ず、ウィルフレッドは押し黙ることしか出来なかった。

ボロが出るとはまさにこの事である。

人生初、と言えるかもしれない。

だが、それを屈辱《くつじょく》や恥と思うより、はるかに別の事に驚《おどろ》いていた。

「そうか……俺は機嫌が悪かったのか」

半ば呆然《ぼうぜん》とつぶやく。

実に間抜《まぬ》けな話ではあるが、まったく自覚が出来ていなかったのだ。

自分で自分の事がわからない。

他人からはよく聞く話ではあったが、ウィルフレッドにはまったくピンとこない感覚だった。

こういうことか、と雷《かみなり》に打たれたような気持ちである。

「ですよ。やぁぁっと自覚できましたか？」

アリシアはやれやれといった感じの声で言う。

途端、ウィルフレッドは申し訳なくなった。

「すまん、どうやら君の方が正しかったようだ」

素直にウィルフレッドは頭を下げる。

君子豹変《くんしひょうへん》す。

間違《まちが》いがあればすぐ認め改めるのが彼《かれ》の流儀《りゅうぎ》だった。

「可愛《かわい》がってた弟さんに裏切られて、しかも自らの手で殺して、つらくないはずがないんですよ」

「そう……なんだろうか。未《いま》だにあまりピンとはこないが」

世間一般では、そうらしいと言うのは、わかる。

自分も様々な言動から、どうやらつらくはあるらしいと自覚はできた。

だが、実感が追い付いてこないのだ。

自覚してもなお、つらいも苦しいもどこか他人事でしかない。

「まあ、大したことはない。所詮、涙の一つも出ない程度だ」

そう結論づけざるを得なかったが、

「泣いてる人がつらくて、泣いてない人がつらくない、なんてそんな事ないです！」

またもやアリシアに強い調子で否定される。

その顔には必死さがにじんでいた。

なんで他人の事にここまで必死になれるんだろう？　と場違《ばち》いではあるが不思議に思うぐらいである。

「昔お母さんが言ってました。一時期、自分は心が麻痺《まひ》していたって」

「麻痺、か」

ウィルフレッドはアリシアの言葉をオウム返しする。

何も感じず、動かない。

なるほど確かに自分の心は麻痺した状態に似ているな、と改めて思う。

「はい、若い頃、とてもつらいことが重なって、気が付くと心が麻痺して、いろんなものに鈍感《どんかん》になっていたそうです」

「……ふむ」

自分ではそうでもないとは思うが、他人から見るとウィルフレッドの人生は壮絶《そうぜつ》の一言に尽きるらしい。

その壮絶さが、自分の心を麻痺させた。

そう考えると、確かに辻褄《つじつま》は合った。

「でもそれは、痩《や》せ我慢《がまん》をしているだけ、なんだそうです。自覚できないだけで、心はしっかりとダメージを負っているんだって」

「ダメージ……」

そんなものは特にはない。

と自分の感覚では言い切れるが、つい先程、不覚を晒したばかりである。

自覚できないものだという話だし、安易に否定はできなかった。

「でも自覚はできないから、他人の優しい言葉も、自分はそんなに弱くない！　これぐらい問題ない！　って突っぱねるようになります」

「…………」

ウィルフレッドにも、覚えはあった。

だいたいいつも、そういう反応をしていた気がする。

「そういうのを繰《く》り返してると、だんだん誰からも心配されなくなるそうです」

「……そうだな」

これまた覚えがあった。

セドリックなども、最初はウィルフレッドの体調を心配していた。

が、本当に問題ないんだとそのうち何も言わなくなった。

「はい。そうやってどんどん孤独《こどく》になっていって、ダメージは少しずつ少しずつ蓄積《ちくせき》していって、ある日突然《とつぜん》、ぷつんって何かが切れるような、そんな音が頭の中に響《ひび》き……途端、世界の全てが色をなくした、と」

「色を、なくす？」

いまいち想像がつかない感覚だった。

おそらくは比喩《ひゆ》で、色盲《しきもう》になるということでもなさそうだが……。

「全てが色あせて、何も感じられなくなるそうです。ご飯の味もしない。人と話していても何も響かず遠い感じになり、好きな事をしていても何一つ楽しめないどころか、感じることさえできない。心がピクリとも動かない。そんな無味《むみ》乾燥《かんそう》とした世界だそうです」

「それはなかなかゾッとする話だな」

他人からは心がない、情がないなどとよく評されるウィルフレッドではあるが、彼なりに喜怒《きど》哀楽《あいらく》はあるし、感情もあるし、事象に応じて心が動いている感覚もある。

それが全てなくなるというのは、いったいどういう感覚なのか想像すらつかない。

つかないが、それが相当ろくでもない世界であろうことは、容易に想像がついた。

「母君は、どうやってその麻痺を治したんだ？」

興味を惹かれ、問わずにはいられなかった。

明らかにアリシアの母の症状《しょうじょう》と、自分のそれは似ている。

だがアリシアは、「昔」と言っていた。

つまり、一時期そういう頃はあっても、ちゃんと治しているっぽいのだ。

「ん～～～……こうするんですよ」

アリシアは顔を赤らめ少しだけ考《かんが》え込んだ後、ウィルフレッドに歩み寄り、そっとハグする。

女性特有の柔《やわ》らかな感触《かんしょく》とぬくもりが、伝わってくる。

「……これが治療法《ちりょうほう》なのか？」

ウィルフレッドはいぶかしげに問い返す。

なんらかの妙薬《みょうやく》やら休養やらを想像していただけに、完全に意表を突かれ、わずかだが反応が遅《おく》れた。

「そ、そうですよ！　あ、あたしだって恥《は》ずかしいんですからね！」

「それはすまない。だがこれにいったいどういう……」

効果があるのか、と続けようとして、言葉が止まる。

心の奥《おく》の奥に、じぃぃぃんと仄かに温かさが生まれたのだ。

まるで彼女から感じる物理的なぬくもりが、心にまで浸透《しんとう》したかのように。

「つらい時や苦しい時は、誰《だれ》だって人のぬくもりが欲《ほ》しいものですよ」

言葉を失ったウィルフレッドに、アリシアが教え諭《さと》すように優しく言う。

これまた世間一般ではよく聞く言葉ではあった。

頭では、そういうものだと見知ってはいた。

だが、ウィルフレッドはこれまで体感したことがなかったのだ。

人の、ぬくもりというものを。

こうして抱《だ》き締められているだけで、心まで温かくなることを。

心の芯《しん》からぽわぁっと温かさがにじみ出てきて心を震《ふる》わせるということを。

「なるほど……悪くないな」

たとえるなら、冬の寒空から家に帰り温かいシチューを食べた時だろうか。

食べ物の温かさが五臓六腑《ごぞうろっぷ》に染《し》み渡《わた》るあの感覚。

それの心版といったところか。

『ありがとう。もう十分だ』

そう口にしようとしたが、なぜか言葉にできなかった。

本当の伴侶《はんりょ》ならともかく、契約《けいやく》に過ぎない自分たちの関係では、少々これはライン越《ご》えだろうと頭では思う。

傷の舐《な》め合いなどしていても、物事は好転しない。

そんな一時の気休めより、問題の抜本的《ばっぽんてき》解決を図《はか》ったほうが、結果的に心を軽く安らかにできる。

これまでそう信じて疑わなかったのに、今はこのぬくもりがどうしても手放し難《がた》かった。

だが不思議だった。

ウィルフレッドもいい年をした男である。

王になる前、他の女と肌《はだ》を重ねた事は幾度《いくど》かあった。

しかし、こんな感覚を覚えたことはかつてなかった。

身体は触《ふ》れ合っていても、心は触れ合えていない。

ずっとそんな感覚だった。

なぜアリシアからのぬくもりだけは、素直に受け取ることができるのだろうか。

(彼女に裏表がないから、だな)

すぐに答えは見つかった。

アリシアは外面を取り繕《つくろ》うということが、とにかくへたくそだ。

考えていることがすぐ表情や声にぽろっと出る。隠《かく》しきれない。

貴族令嬢《れいじょう》としては、はっきり言って失格だ。

だがそれが、ウィルフレッドにとっては有難《ありがた》かった。

少なくともその優しさに、あるかどうかもわからぬ裏を探《さぐ》らなくていい。疑わなくていい。

本心からのものだと心から信じられる。

それがスッと受け入れることが出来、心に沁《し》みたのだろう。

「っ⁉」

不意に胸に締めつけられるような痛みが疾る。

ついで目がしらが熱くなった。

ザハクの毒の後遺症《こういしょう》か⁉　と一瞬思ったが、違《ちが》った。

気が付くと、ウィルフレッドの右目から、ぽろぽろっと涙が零《こぼ》れ落ちていた。

「……俺にも涙なんて流せたのか」

自分で自分に驚く。

涙など、物心ついた頃にはもう失っていた。

自分にもそんな人並みに泣ける情緒《じょうちょ》があった事が意外だった。

「そうか……君の言う通り、俺は悲しかったんだな」

遅ればせながら、ようやくウィルフレッドは実感する。

実感とともに、何とも言えない感情の波がどっとウィルフレッドの心に押《お》し寄せてきた。

ウィルフレッドの心は普段《ふだん》、波風一つ立たない静かな湖面のようなものだった。

何かあったところで、せいぜいその湖面に波紋《はもん》が広がる。その程度だった。

だが、今回のは違う。

これまたかつて経験したことのない、まさに嵐《あらし》のような荒波《あらなみ》だった。

たった一人の弟だ。

裏切りなどしてほしくなかった。

殺したくもなかった。

できれば幸せになってほしかった。

だが、国の為に殺さざるを得なかった。

その事がつらく、悲しかった。

仕方のないことだと心の奥底《おくそこ》に押し込めてきた事が、今まさにその堤防《ていぼう》が決壊《けっかい》し、心の中にあふれかえり、荒《あ》れ狂《くる》っていた。

そしてだからこそ――

アリシアから伝わるぬくもりが、ただただ有難かった。

刺々《とげとげ》しくウィルフレッドの心に痛みを疾らせるマイナスの感情が、彼女の温かさによって和《やわ》らいでいく。

ウィルフレッドの心を包み、じんわりと癒《いや》していく。

だから今は、今だけは――

そのぬくもりにすがるしかなかった。

「ありがとう。ずいぶんと楽になった」

ぐっと涙をぬぐってから、ウィルフレッドはそっとアリシアを引き離《はな》す。

正直なところを言えば、もう少しこのぬくもりに浸《ひた》っていたい気持ちもなくはなかったが、これ以上はさすがに甘《あま》え過《す》ぎだろうと思った。

あくまで彼女は本当の伴侶ではなく、契約を交《か》わした仮の妻でしかないのだから。

「えっ、もういいんですか？　まだ五分程度ですよ？」

「十分すぎる」

その五分もの間、彼女はただ何も言わず黙《だま》って抱き締めてくれていた。

何もすることがなく退屈《たいくつ》だったはずだ。

大の男が涙するところに居合わせるのも、居心地《いごこち》悪かろう。

これ以上はさすがに申し訳なかった。

「う～ん、やっぱり陛下はタフですね。女の子なら二時間、三時間は当たり前なのに」

「よくそんなに付き合っていられるな。退屈じゃないのか？」

退屈は人が感じる最大の苦痛だと言う話もある。

それを二時間も三時間も、というのは感服を通り越《こ》して呆れさえ覚える。

「退屈と言えば退屈な時や、一緒につらくなる時もあると言えばありますけど」

「だろうな」

ないほうがおかしいと思った。

「でも、わたしもつらい時は、お母さんによくハグしてもらったものです。それだけで気持ちが凄《すご》く楽になりました。自分がされて嬉《うれ》しかったことって、他人にもしたくなりませんか？」

「なるほど」

普通の人間は多分、母親からそういう慈《いつく》しみをもらえるのだろう。

だから他人にも与《あた》える。

そんな子供でも知っている当たり前のことを、自分は全く知らなかったわけだ。

「それに別にただ黙って抱き締めてるわけでもないですから。愚痴《ぐち》とかも聞いたりもしますし。あっ、陛下も何かあるなら聞きますよ？」

「特にないな」

「ほんとですか？　陛下、けっこう無意識に溜《た》め込んでそうなんですけどね。そういうの人に話すだけで気持ちが楽になることってありますよ」

「ふむ、そういうものか」

これまでなら、人にただ話を聞いてもらったところで、何の問題解決にもならないと一笑《いっしょう》に付していたかもしれない。

だが今は、本当につらい時、苦しい時には、人の優しさこそが心を温かく包み安らかにしてくれるということを身をもって知ったばかりだ。

「まあ、君が言うのなら、きっとそうなんだろうな」

今ならわかる。

これまでの自分に足りなかったのは、そういう体感だ。

知識として知ってはいても体感として知らないから、そういうものを欲しがる気持ちがまるでわからなかった。

同調してもらったからと言って何になる？

それで何か現実が変わるわけでもない。

問題が解決するわけでもない。

そうやって、優しさを欲しがる気持ちを自分は無遠慮《ぶえんりょ》に踏《ふ》みにじり、切り捨ててきたのだと思う。

「……君のように他人に寄り添《そ》える優しさが俺にもあれば、もしかしたら違う未来もあったんだろうか？」

今さらながらに、そんなことを思う。

リチャードが自分を信用せず、結果あんな凶行《きょうこう》に及《およ》んだのも、本人の性根《しょうね》の問題はもちろんではあるが、おそらくは自分のそういうところにも原因があったのではなかろうか、と。

「陛下は十分お優しい方ですよ！」

「そう言ってくれるのは君ぐらいのものだ。俺は……近くにいる人間を不幸にすることしかできない」

「不幸、ですか？」

「ああ、狂死《きょうし》した母、道をたがえたまま復縁《ふくえん》する機会を永遠に逸《いっ》した恩師、自ら手にかけた兄のジョンに弟のリチャード、ここまで重なるとそう思わざるを得ない」

偶然《ぐうぜん》と言えば、ただの偶然だったのかもしれない。

だが、自分に少しでもアリシアのような心の弱さに寄り添う優しさがあり、それを周りに向けていれば、救えた命もあったのではないか。

彼らと幸せそうに笑っていられる未来もあったのではないか。

そう思わずにはいられなかった。

「俺のそばにいれば、君もいずれそうなるかもしれない」

気持ちに寄り添うことも大事。

そうわかったところで、ではいざ実際にどう寄り添えばいいのかなど、ウィルフレッドには皆目見当《かいもく》もつかない。

「自分の気持ちに気づけたのも、優《やさ》しさが心を救うことを知れたのも、君のおかげだ。本当に感謝している。だからこそ、ここらで君とは距離《きより》を置くべきな気がする」

今は幸運にもうまくかみ合い、円満に付き合うことができている。

だが、それがいつまで続けられるのか、正直、自信がなかった。

何かの拍子《ひょうし》に自分はアリシアを傷つけ、憎悪《ぞうお》されるようになるのではないか。

それだけなら、まだいい。

自分が嫌《きら》われるだけなら、いくらでも我慢はできる。

だが兄や弟のように、アリシアまで自らの手で殺めることになったら?

それが怖《こわ》かった。

そうなる前に一刻も早く自分のそばから離すべき。

そう思った。

「愚痴かと思って聞いてたら、なんでそうなるんですか」

呆れたように、アリシアはやれやれと嘆息する。

「君を想《おも》えばこその当然の帰結だ」

至極《しごく》真面目にウィルフレッドは返したが、アリシアはますます呆れた顔になる。

だが思い直したように、むうっと唇を尖らせ、

「まあ、そういう経験が重なると、そういう考えになっちゃうのもわからないでもないですけどね……」

う～んと考え込《こ》む。

首を傾《かし》げ、なんとも難しい顔で唸っていたが、

「あっ、そう言えば！」

はたと思いついたように、アリシアはパンッと手を打つ。

何かいい案でも思いついたのだろうか。

「陛下って一〇年前ぐらいに、バロワにいませんでした？」

「いきなり何の話だ？」

問いつつ、ウィルフレッドは苦笑《くしょう》する。

なんとも唐突《とうとつ》に話が変わったが、それはそれで彼女《かのじょ》らしいと思った。

こういう予想外の言動も、むしろ愛嬌《あいきょう》と感じ、どこか楽しんでしまっている自分がいるが。

「大事な話なんですよ。答えてください」

妙《みょう》に真剣《しんけん》な顔つきで、アリシアが問うてくる。

有無《うむ》を言わさぬ雰囲気《ふんいき》があり、これは答えないわけにはいかなかった。

「一〇年前か……そうだな、いたと思うぞ」

その頃《ころ》の自分は、暗殺されかかったこともあり、身を隠す為《ため》、ついでに見聞も広める為、各国を巡《めぐ》り武者修行《むしゃしゅぎょう》の旅をしていたはずだ。

その中の一つには、ウインザー王国にとって重要な隣国《りんごく》であるバロワも、当然ながら含《ふく》まれていた。

「その時、山賊《さんぞく》に襲《おそ》われてる親子を助けたりしませんでした？」

「山賊……」

治安のいい場所ばかりを巡っていたわけではない。

そういう輩《やから》に襲われることも、数え切れないほどあった。

そのいちいちを覚えてはいなかったが、

「もしかして、母と娘《むすめ》の二人連れか？　子供はまだ五～六歳《さい》ぐらいだったと思うが」

そういう母娘を助けた記憶はあった。

母親には随分《ずいぶん》と感謝されたものだが、子供には随分と怯《おび》えられたものだ。

そのギャップが印象的で、覚えていた。

「そうです！　それです。ああ、やっぱり！　似てるなって思ってたんです！　黒髪黒眼《くろかみくろめ》の人だってそんなにいないし！」

アリシアが嬉しそうに顔をほころばせる。

この手のことには疎《うと》いウィルフレッドであるが、さすがにピンとくる。

「もしかして、あの時の子どもが君か？」

「はい！　あの時は助けてくださり、ありがとうございます！」

興奮気味にそうまくしたてて、アリシアは深々と頭を下げる。

「鍛錬《たんれん》のついでだ。感謝されるほどの事ではない」

「ふふっ、お母さんにもそういうこと言ってたそうですね」

「そうだったか？」

まあ、自分が言いそうなことだとは思った。

あの時の自分は、身を守るためにも強くならなければならなかった。

その為には、実戦経験が何より必要だった。

民を襲う山賊ならば、殺しても問題はない。

助けなくてはという気持ちもないわけではなかったが、あくまで自分の為にやったことだというのが、ウィルフレッドの認識《にんしき》だった。

「ええ。ふふっ、やっぱり陛下だったんですね」

「みたいだな」

ここまで一致《いっち》するとなると、さすがに他人の空似ということはなさそうである。

それにしても、奇妙《きみょう》な縁《えん》である。

助けた少女が、一〇年の時を経て自分の嫁《よめ》になる。

まるで貴族令嬢たちの間で流行《はや》っている恋愛《れんあい》小説のようだった。

現実は色気のない契約上の仮面夫婦《ふうふ》だとしても。

「ほら、陛下は不幸をもたらす存在ではないですよ」

「え？」

「だってあの時、陛下がいなかったらきっと、あたしとお母さんは酷《ひど》い目に遭《あ》ってました」

「だろうな」

そうなっていたことは、あの状況《じょうきょう》ではほぼ確実と言える。

山賊たちの慰《なぐさ》み者にされて殺されるか、どこかに奴隷《どれい》として売られるか。

どちらにしろろくな未来ではなかったはずだ。

「陛下のおかげで、あたしとお母さんはその後、幸せに生きることが出来ました」

「……だが、母君はもう亡《な》くなったのだろう？」

「ええ、でも、一〇年も後です。その幸せな一〇年は、陛下が下さったものですよ」

「……そうか」

自分にも、誰かを幸せにすることができた。

普通《ふつう》の、ごくごく当たり前の事ではあるのだが、意外感があった。

どこか自分の事を疫病神《やくびょうがみ》だと思っていたから。

「他にもきっと、そういう人たちがいっぱいいますよ」

「いる……か？」

「ええ。陛下は自分を戦場の死神のように仰《おっしゃ》っていましたが」

「ああ、俺ほど人を殺した人間もそうはいないだろう」

「でもその分、多くの命を救ったはずですわ」

「…………そうだな」

しばしの間の後、ウィルフレッドは瞑目《めいもく》して天井《てんじょう》を見上げる。

国を守るため、民を守るため。

そう言い聞かせていたのは事実だ。

自分が助けた命も多くある。

そんな当たり前の事に気づかぬほどに、ただ罪だけに目を奪《うば》われていたのもまた事実だった。

奪った命のあまりの多さと、罪の大きさゆえに。

それしか目に映っていなかった。

「もう一度、改めて言います。陛下は決して、不幸をもたらすだけの存在ではないですよ」

ウィルフレッドの目を見据《みす》え、アリシアはきっぱりと断言する。

彼女の瞳《ひとみ》には、初めて会った時と同じ、強い断固とした意志の光が宿っていた。

同時に、柔らかく優しい光だ。

「……陛下?」

「ああ、すまん。ちょっとぼうっとしていた」

思わず見惚《みと》れてしまっていた。

彼女の容姿はそこそこ整ってはいるが、ウィルフレッドが出会ってきた絶世の美女たちに比べ、見劣《みおと》りする部分があるのは否《いな》めない。

それでも――

宮廷《きゅうてい》に咲《さ》くどんな花々よりも、彼女を美しいと感じたのだ。

「もうっ！　人が真面目に話しているのに！」

ぷくっとアリシアが目を吊《つ》り上げ、その頬《ほお》を膨《ふく》らませる。

そんな顔さえ可愛いと感じてしまう。

「降参だ。返す言葉が思《おも》い浮かばない」

両手を上げ、ウィルフレッドは肩《かた》をすくめる。

だがその口元には、小さく笑《え》みが浮かんでいる。

言い負かされたと言うのに、なぜか心は春の空のように晴れ晴れと澄《す》み渡っていた。

「わかってくださったのならいいです」

うむっと満足気にアリシアは頷《うなず》く。

その姿に、ウィルフレッドはある種の確信を覚える。

彼女にはこの先もずっと、口喧嘩《くちげんか》では勝てないんだろうな、と。

「つくづく厄介《やっかい》事というものは重なるな」

主のいない執務《しつむ》室《しつ》で、セドリックは苦々しげに嘆息《たんそく》していた。

彼の気を重くしているのは、その手に持つ一通の手紙である。

リチャードの部屋を整理している時に見つかったものだ。

内容を簡潔に言えば、リチャードが王になった暁《あかつき》には娘を与え婚姻《こんいん》関係を結びたいとの旨《むね》がつづられていた。

その為の支援《しえん》を惜《お》しむつもりはない、とも。

差出人の名は、ない。

だが、状況証拠《じょうきょうしょうこ》からある程度察せられるものはある。

リチャードが持っていたザハクの毒は、バロワでしか獲《と》れないものだ。

つまり――

「妃殿下《ひでんか》暗殺未遂《みすい》事件の黒幕はバロワ王……っ！」

と言うことになる。

勿論《もちろん》、直接そう指示したわけではないだろう。

彼が教唆《きょうさ》したにしては、あまりに計画がずさんすぎる。

ザハクは本来なら、飲み物に混ぜて使うものだ。

無味無臭《むみむしゅう》な上に、身体の表面に特有の症状が出ることもなく、証拠《しょうこ》が残りにくい。

その辺りは王位の危機に焦《あせ》り、逸《はや》ったリチャードの暴走だろう。

「我《わ》が国《くに》に内紛《ないふん》の種を蒔《ま》こうといったところか」

有能すぎるウィルフレッドは、彼には邪魔《じゃま》なのだろう。

同盟相手とは言え、隣国が栄えるのはあまり喜ばしいことではない。

相手国が大きくなれば事あるごとに圧力をかけられ、無理な要求を呑《の》まされるようになるからだ。

過去の功績を見れば、それだけの恐《おそ》れがウィルフレッドにあると彼が判断するのは妥当《だとう》である。

ひるがえって凡庸《ぼんよう》で強欲《ごうよく》なリチャードならば、与《くみ》しやすしと見たのだろう。

ウィルフレッドの首を取れなくても、内紛で国力を落としてくれれば儲《もう》けもの、と。

「まったくしたたかだ」

忌々《いまいま》しげに、吐《は》き捨てる。

抗議《こうぎ》してやりたいが、差出人の名がないのでは証拠として不十分だ。

また、ウインザー王国の現状を鑑《かんが》みても、バロワ王国を敵に回すのは得策ではない。

こちらは黙って不満を呑み込むしかない。

そこら辺まで見切っての策、だろう。

おそらくこの先も、あの狡猾《こうかつ》な王は、何かしらの策を仕掛《しか》けてくるのだろう。

さらに厄介なことに、王妃《おうひ》の母国である。

それもウィルフレッドとは想定外なほどに、すこぶる相性《あいしょう》がいい。

セドリックはウィルフレッドとの付き合いは長いが、彼が女性の事を楽し気に話しているのは今回が初めてだ。

望まぬ王位を半ば強引《ごういん》に押し付けいらぬ辛苦《しんく》を強《し》いたという後ろめたさが、セドリックにはある。

だからこそ、一友人としても一臣下としても、彼女との出会いはとても嬉しく思っていたのだ。

だが、その妻の実父は――

「つくづくあの方は、そういう星の下に生まれたというしかないな」

to be continued

あとがき

色々あって前作から一年以上開けての刊行となりました。

はじめまして。おひさしぶりです、鷹山誠一です。

前作『百錬の覇王と聖約の戦乙女』は有難いことにアニメ化までしていただいた親孝行な作品でしたが、今作も毛色こそ違いますが、前作に負けず劣らずの自信作です。

ぜひぜひお手に取っていただければな、と思います。

また作品的には完全に独立しているのですが、本作の主人公ウィルフレッドは裏設定として前作「百錬」に登場したスカーヴィズを前世に持つキャラクターになります。

前作でも人気だった彼を、主役に抜擢しリボーンした感じですね。

一方、ヒロインのアリシアは鷹山の理想をこれでもかと詰め込んだヒロインになります。

男って生き物は痩せ我慢する生き物です。そう簡単に泣くわけにはいきません。

歯を食いしばって我慢しなければならない事が沢山あります。

アリシアちゃんはそんな痩せ我慢している男の代わりに、悲しみ、怒り、泣いてくれる女の子です。

そして、男の頑張りに気づき、不器用な優しさに気づき、応援してくれる女の子です。

なにより、現実に疲れた男を笑わせ癒してくれる女の子です。

クライマックスでは作者はもうぼろ泣きしながら描いた渾身の二人ですので、読者の皆様にも気に入ってもらい、その先を見たいと思っていただけたらな、と思います。

なお本作の二人のその後の日常を描いた4P漫画を鷹山誠一のX（旧twitter）にて、定期的にアップしておりますので、本作を気に入っていただけた方はぜひ「鷹山誠一」で検索し見に来て下さい。そして出来たら拡散をお願い致します。

漫画を描いているのは少女漫画誌ＬＡＬＡにてベストルーキー賞を受賞している漫画家の卵、絢月みるです。

おいおい、呼び捨ては不敬じゃないかって？　だって、そりゃ実の娘なんで（笑）

個人的に雇って描かせたので、自腹です。売れないとやばい、ひぃ。

最後に本作を出すにあたり尽力してくださった関係者各位に感謝を！

読者の皆様には続刊でお会いできることを心から願って。ではまた！

鷹山誠一

HJ文庫 https://firecross.jp/
1158

孤高の王と陽だまりの花嫁が最幸の夫婦になるまで 1

2024年4月1日　初版発行

著者——鷹山誠一

発行者—松下大介
発行所—株式会社ホビージャパン

〒151-0053
東京都渋谷区代々木2-15-8
電話　03(5304)7604（編集）
　　　03(5304)9112（営業）

印刷所——大日本印刷株式会社
装丁——AFTERGLOW ／株式会社エストール

Printed in Japan

ISBN978-4-7986-3500-2　C0193

ファンレター、作品のご感想お待ちしております

〒151−0053　東京都渋谷区代々木2−15−8
(株)ホビージャパン HJ文庫編集部 気付
鷹山誠一 先生／ファルまろ 先生